お試しで喚ばれた聖女なのに最強竜に気に入られてしまいました。

かわせ秋

ビーズログ文庫

イラスト／三月リヒト

Contents

お試しで喚ばれた聖女なのに最強竜に気に入られてしまいました。

人物紹介

ジル

太古の森に住む黒竜。
幻獣の中でも最上位種として、
強大な力をもっているため
人々から畏怖されている。

福丸ミコ

日本に住む平凡な女子高生。
ある日、異世界に聖女として
召喚されてしまう！
異類通訳の能力を使って
元の世界に戻ろうとするが――？

アンセルム・ヴィ・アルビレイト

ミコを召喚したアルビレイト王国の王太子。
体調不良の国王に代わって政を行っている。

デューイ・フォスレター

王太子付き秘書官。
面倒見がよく、アンセルムに振り回されている。

ソラ

上位種の幻獣、マーナガルム。普段は大型犬くらいの
大きさだが巨大化することもできる。
幼い頃にジルに拾われて一緒に暮らしている。

タディアス・ハイアット

王立図書館の元館長。
ミコの下宿先のおじいさん。

モニカ・ハイアット

タディアスの妻。
優しく穏やかなおばあさん。

序章　夕暮れの公園での異常事態

そこは、とあるのどかな田舎町にある公園。

（……よくここで、一緒に散歩したよね……）

ベンチから夕焼け色に染まった風景をぼんやりと眺める少女の名前は、福丸ミコ。

くりくりの大きな瞳と、胸まであるやわらかい髪はいずれも淡い栗色をしている。小柄と童顔のせいで幼く見られがちだけれど、先日十八歳を迎えた高校三年生だ。

（早いなあ、コタロウが亡くなってもうひと月か……）

コタロウ――愛犬は快活でとても優しい子だったが、ここ一年は体調が優れなかった。苦しいのか、それとも痛いのかさえわかってあげられないのが辛くて、とても悔しくて。愛情が深かったからこそ歯痒さとやるせなさが募る一方で、ミコは強く思ったのだ。

――動物の言葉が解ればいいのに。

コタロウの最期を看取ってからも、無理だとわかっている強い願いが涙と一緒に流れて消えることはなく。胸の中には今も火が灯され続けている。

（……なんて願望はさておき。とりあえず、ここに来られるくらい回復できてよかった）

コタロウを亡くした直後のミコは、意気消沈を絵に描いたような有様になった。

しかし、ずっと落ち込んだままだと天国にいる父とコタロウが心配してしまう。

それに、父が亡くなってからは女手一つで育ててくれた母も、大学卒業後は社会人として働き家計を支えてくれる兄も、ミコと同じくコタロウの死を悲しみながらも仕事に勤しんでいるのだ。自分だけいつまでも引きずっているわけにはいかない。

「よしっ！　二人とも今日は遅くならないみたいだから、晩ごはんは凝ったものにしよう！」

懸命な母と兄を見て育つ中で、ミコは自分にできることを考えて家事を覚えた。今や、料理や掃除洗濯は手慣れたものだ。

気合いを入れつつ、ミコは立ち上がりざまに制服のスカートをパンパンとはたく。

――瞬間、突如として地面が光り輝いた。

「!?」

瞬く間に光量は増えていき、閃光が波しぶきのようにミコを包む。

様子を確かめたいのに、冷たく強い光が眩しくて目を開けていられない。

刹那、ジェットコースターの頂上から下降するときのような浮遊感に襲われて――

そこで、ミコはブラックアウトした。

一章　お試しで喚ばれた聖女の災難

（……う、気持ち悪い……）

車酔いでもしたように、全身がどうにもだるい。

それでもなんとか身体を起こして瞼を開けると、――なぜか、図形や謎の文字が描かれた石床の上にいた。

高窓がある天井は高く、壁には立体的な模様が彫り込まれている。

（ここは、……ん？　なんの匂いだろう？）

何かが燃えるような焦げた匂いがふと鼻をかすめたが、ミコの周囲に火の手はない。

たぶん、どこからか風にでも乗ってきたのだろう。

それよりも――

（教会みたいなところだけど、ここはどこ？）

「……本当に、現れただと……!?」

状況を把握すべく頭を働かそうとするミコの耳に、戸惑い含みの声がすべり込む。

声がした方を見ると、一人の青年がたたずんでいた。

（……ああ、夢だこれ）

その綺麗な、西洋人風だが濃すぎない顔立ちの青年は二十代前半くらいだろう。

こちらに向いた瞳は銀色だ。長く、深みのある赤髪は首の後ろでゆったりと束ねてある。

容姿といい、煌びやかな衣装といい、物語に出てくる王子さまのようだ。

（うーん、最近読んだ作品の中にこんな美形キャラいたかな……？）

ミコはファンタジーものの小説や漫画が好きで、よく読んでいる。

すぐには思い浮かばないが、きっと読んだ作品の登場人物が夢に出てきているのだろう。

「──私はアンセルム・ヴィ・アルビレイト。そなたの名前は？」

「え、と、福丸ミコです。ミコが名前で、福丸が姓です」

（夢の中で名乗るのって、変な感じだなあ……あれ？　これが夢だとするとわたし、もしかして公園でうたた寝の真っ最中？）

それはちょっと、とミコは急いで頬を抓ってみる。

………痛いだけで、なんの変化もない。

抓るだけでは刺激が足りないのかと、ミコは今度、頬を両手でしっかり叩いてもみた。

これで目が覚める──ことは一向になくて。寒くもないのに背筋がぞっとする。

「ミコ・フクマル殿か。我が国へよくぞ参られた──歓迎しよう、異世界の乙女よ」

「いっ⁉」

不安に駆られたミコは勢いよく立ち上がって、アンセルムに詰め寄った。

「あのっ、そうに違いありませんけどここは日本、あるいはジャパンですよね⁉」

「ここはリーキタス大陸を成す一国、アルビレイト王国の王宮だ。王太子である私は大陸の地理についてほぼ把握しているが、ニホンもジャパンも聞いたことがない」

「⁉」

国名はミコが知らないだけかもしれないが、大陸名くらいはさすがに知っている。

――リーキタス大陸なんて、地球には存在しないはず。

（………これってまさか。……いやいや、そんなことあるわけがない）

ミコの理性が、脳裏をよぎった厨二的発想を否定したそのときである。

「殿下っ、こちらですか⁉　じきに会議が始まりま、――っ⁉」

勢いよく扉を開け放ったのは、涼しげな碧眼の上に銀縁眼鏡をかけた金髪の青年だった。歳はアンセルムと大差ないように思われる。抑制された華のある美男だ。

「……殿下、そちらのお嬢さんは……？」

「ミコ・フクマル殿だ。どうやら召喚が成功したらしい。ここではなんだ、場所を移す」

「召喚⁉　ちょ、殿下、きちんと説明をしてくださいっ！」

（ショウカン？　……しょうかん？　………召喚？）

召喚――――っ⁉　ミコは胸中で叫声を爆発させた。

（しょ、召喚って、……嘘でしょ……？）

アンセルムが放った台詞で驚愕が振り切ったミコの頭の中は、真っ白になった。

「――僭越ながら、私が現状をご説明させていただきます」

案内されたラグジュアリーな応接室。

深い呼吸で落ち着きを取り戻しつつあるミコの向かいに控えるのは、先ほど乱入してきた金髪の青年――王太子付き秘書官のデューイ・フォスレターだ。

そのデューイ曰く――

ずばり、ここは地球じゃない。

異世界の名前はエルカヌム。ミコがいるのは、緑豊かなリーキタス大陸の北方、アルビレイト王国らしい。

半世紀ほど前までは後進国にすぎなかったそうだが、現国王が税の軽減とそれを補う財源として、国内の観光資源を整備し観光客誘致を促進するなど、発展的な治世をしいた。

その善政が実を結び、今や経済・貿易で中核を担うまでの地位を築き上げたのだとか。

……これだけなら、百歩譲って常識の範囲内なのだけれど。

この世界の王族や一部の人間には能力――魔法とか、なんらかの超常的な力――が備わっているそうなのだ。おまけに能力を発動させるための要素である、いわゆる魔力が満ちているという。

「能力の保有数は個で異なり、強い魔力を持つほど能力の威力・効力は高くなります」

「………そ、そうですか……」

後半にかけてのデューイの話は、通常であればはいそうですかと受け入れるべくもない、失笑もののぶっとんだ内容である。

しかしながら、超常も甚だしい現象が我が身に起こった。

導き出した結論として――異世界転移したのだ、信じられないことに。

（……これって、本当に現実なの……？）

最後のあがきで、ミコはまた頬を抓ってみた。結果はいわずもがなである。

奇想天外すぎる事態にミコは激しい眩暈を覚えた。

「――いったいどうして、王太子殿下は召喚なんて」

「………………なんと申しますか……その……」

非常に言いづらそうなデューイの反応からすると、ロクな理由じゃないだろう。

十八番ともいえる救世の事案であれば、大勢の高官や賢者みたいな人たちが集結して心血を注いで事に当たる――ミコが知る異世界あるあるではそう――はず。

ミコがよくない胸騒ぎを感じたとき、扉がバーンと勢いよく開いた。

「待たせたな、会議が長引いた」

言って、アンセルムはミコの向かいの椅子にふんぞり返る。

間髪を入れずにデューイが吠えた。

「このような軽率な真似をするなど、あなたさまは何を考えていらっしゃるのですか！」

「まさか王宮の大書庫で偶然見つけた古文書が本物などとは、誰も思うまい？」

「そういうことを申し上げているのではありません！　王太子たるものご自身の行動には、責任はもとより慎重さを」

「お前の説教など聞きたくない」

アンセルムはうるさそうに右手を振って、デューイの話を遮る。

「召喚の儀なんてものが記されていたら、眉唾は百も承知で試したくなるのが人のサガというやつだ」

――ちょっと待って。ってことはつまり――

「お試しで召喚を実行したら、……思いがけず成功したってことですか？」

「そういうことになるな」

何か問題でも？　といわんばかりに、アンセルムは平然と答える。

召喚の動機は、ものは試しという軽い気持ちからくる『お試し』。――何それ！

（というか、この人はどうしてちっとも悪びれないの⁉）

椅子にどっかり座しているアンセルムから漂うのは有無を言わさぬ威厳と、どことない尊大さだ。その態度と言動からは負い目が欠片も感じ取れない。

ごめんの一言くらいあってもいいのに！　と、ミコは心中で悪態をつく。異世界とはいえ、田舎町出身の庶民という身空で仮にも王太子に抗議できるほど、ミコの気は強くない。

「まあ私も、召喚対象がこれほど幼いとは思ってもみなかったが」

「こんなにいたいけな少女になんてことを……」

「……あの、ちなみにわたしは今十八歳なんですが……」

「「十八歳っ⁉」」

声を揃えたアンセルムとデューイに、じろじろと見られる。いたたまれない。

「まさか十八だったとは……」

「申し訳ありません、てっきり妹と同じ十四歳くらいとばかり……」

二人の率直な感想が、ミコの胸にぐさっと刺さる。

（うう、ここでもやっぱり年齢よりも幼く見られるんだ……）

童顔・低身長・小柄の三拍子揃ったミコへの認識は、異世界でも変わらないようだ。

ミコが地味にへこんでいたちょうどそのとき、扉がコンコンとノックされる。

「失礼致します」

現れたのは、白を基調とした装束姿の中年男性だ。……その足元にはなぜか、灰色の縞模様が美しい一匹の猫が。

「ご足労いただきありがとうございます、大鑑定士長」

「かまいませんよフォスレター卿。殿下におかれましては、ご機嫌麗しく存じます」

恭しく頭を垂れる大鑑定士長に、アンセルムは「ああ」と短く応じる。

二人とも猫について何もつっこまないあたり、見慣れた状態なのだろう。

「さっそくだが、彼女の鑑定を頼みたい」

「使いの方よりお話は伺いましたが、こちらのご令嬢が？」

「はい。召喚されたミコ・フクマルさまです」

「お初におめもじ致します」

大鑑定士長が丁寧にお辞儀をしたので、ミコもお辞儀を返す。

「それではさっそくですが、鑑定を始めさせていただいてもよろしいでしょうか？」

「は、はい」

大鑑定士長は「失礼致します」と前置きして、ミコの右肩にそっと手を置いた。

「《鑑定》」

ファンタジーでお馴染みの台詞を唱えてから数拍後、大鑑定士長は深く息を吐いて――

「……ミコ・フクマルさまには《異類通訳》の能力があるようです」

「「「《異類通訳》？」」」

三人の第一声が、ハーモニーかのようにぴたりと重なった。

「私も初耳の能力です。内容としては、あらゆる生き物と会話が可能。同族の言語のみ理解できるという世の理を侵すものですがフクマルさまは異世界人ゆえ、こちらの規格とは違う能力を持ったのかもしれません」

（もしかして、常日頃から『動物の言葉が解ればいいのに』って思っていたせい？）

なんの確証もないが、能力についてはミコの願望が作用したとしか思えなかった。

『……そっちの女の子は初めて見る顔だわ』

「⁉」

大鑑定士長の足元でおとなしくしている猫の呟きが、――解った。

（う、わあ、すごい……）

異世界というのはさておき、叶いっこない願望が成就したのには素直に感動した。

コタロウが生きていたときにこの能力が使えていたら、と思わずにはいられない。

「初めまして、可愛い猫ちゃん」

『！　そんな、どうして人間の言葉が解るのかしら⁉』

「……もしかして、わたし以外の人間の言葉は解らないとか？」

うなずく猫。これがこちらの世界独自なのか、はたまた元の世界でもそうなのか。

ミコには知る由もないが、ひとまずこの世界の動物は人の言語を理解していないようだ。

「大鑑定士長さん、猫ちゃんは人間の言葉が解らないみたいです。ただ、わたしの言葉は理解できると」

興味深そうに様子を観察しているお三方に向かって、ミコは報告を入れる。

「そうでしたか……その能力は他種族の言語を理解するばかりでなく、相手にも伝わるということですね」

大鑑定士長は続けた。

「そして驚くことに、フクマルさまは無詠唱で能力を使えています。行使者にとって言霊は体内に魔力を流動させるとともに変化を与え、能力を発現させる鍵となる不可欠な要素。それが不要とは——さすがは聖女さま」

（はいっ⁉）

大鑑定士長からの思いもよらない単語にミコは動揺して、息が止まりそうになった。

一方で、アンセルムとデューイはというと。

「案の定、聖女だったか」

「やはり聖女さまだったのですね」

まるで初めから予想していたかのような口ぶりである。

「すっ、すみません！　聖女ってどういうことですか⁉」

「私が行ったのは聖女召喚の儀だ。それによって現れたそなたは聖女の可能性が高かったが、これで立証された」

召喚で勇者・聖女は定番中の定番だ。……でも、こんなちんちくりんが聖女？

ミコは混乱のせいで、頭がちっとも整理できない。

「では大鑑定士長、能力について報告を続けろ」

「聖女さまの保有能力は、《異類通訳》のみでございます」

「――わかった。下がれ」

大鑑定士長が猫を連れて部屋を出ると、アンセルムは顎に手を当てて黙考の表情を作る。

（聖女って、なんの冗談だろう……）

授かった能力は規格外かもしれない。けれど、よくある敵の大軍を一瞬で薙ぎ払うだとか、瀕死状態から回復させるだとかのように戦闘で役に立たないのは自明の理。

スペック不足にも程があるので、早々に帰らせてもらうのが賢明だ。

そう総括したミコは召喚の当事者であるアンセルムに対して控えめに質問する。

「王太子殿下、わたしはどうしたら元の世界に帰れるのでしょうか……？」

「……仮にも聖女が現れたからには、試してみるか」

アンセルムの囁きは小さくて、ミコの耳には届かない。

「この王都から西に行くと、太古の森という深く広い森林地帯が広がっている」

なぜか、アンセルムはミコの話とは全然関係ない地理の解説を始めた。

不思議に思ったけれど、「人の話、聞いていますか？」と、初対面の王太子に面と向かって聞き返せるほどの胆力などミコにはない。最後まで聞いてみるしかなさそうだ。

「その奥地には、能力の威力を増幅させるという貴重な魔石が採れる洞窟がある。だが森を縄張りとし、紫の瞳を有すると云われる『守り主』に邪魔をされていてな」

――『守り主』？

ファンタジー感満点の魔石には興味を惹かれるが、後半の台詞が引っかかった。

嫌な予感がする……と思っていたミコは、次の言葉で呼吸が止まりかけることになる。

「聖女殿、その通訳の力を生かして守り主を説得し、太古の森から退かせてくれ」

「な、」

一度、ミコは息を吸う。そうしないと、二の句を継げない。

「なんですかその急転直下の無茶ぶり!?」

「無論、交渉の材料はこちらで提供しよう」

アンセルムは絶賛困惑中のミコにかまわず、一方的に話を進める。

「太古の森から出ていくならば、代わりに守り主が望むものを与える。聖女殿には交渉期間中の衣食住の他、成功報酬も用意しよう。破格の条件だと思うが？」

「だからどうして、わたしがその役目を引き受けないといけないんでしょうか⁉」

「――元の世界に帰りたいのだろう」

「‼」

落とされたアンセルムの言に、ミコは声を呑んだ。

語勢は決して強くはないのに、アンセルムの声にはこれまでとは違い、相手をひれ伏させる圧のようなものが含まれていたからだ。

「守り主を太古の森から転居させる。この取引に応じるならば元の世界に帰してやる」

「殿下⁉　何を……」

諫めようとしてか、口を開いたデューイをアンセルムは睨めつける。

「黙れデューイ。――もう、あまり猶予はない。なりふりかまっていられないんだ」

「――っ！」

その一言で、デューイは苦虫を嚙み潰したような表情で押し黙ってしまう。

ミコにはなんのことだかさっぱりだが、何か事情がありげなことだけは察せた。

「さて、返事は？」

(もしも、断ったら……)

元の世界に帰してもらえず、右も左もわからないまま放り出される。……取引に応じるなら、というアンセルムの含みはたぶんそういうことだろう。

（これって取引じゃなくて、脅迫な気がする……！）

腹の底でふつふつと怒りが煮えるけれど、放棄も諦めも考えられない。

支え合ってきた大切な家族と会えなくなるなんて絶対に嫌。のしかかる重圧と不安でどんなに腰が引けようと、この気持ちはミコの中で断固として揺らがないものなのだ。

「……成功すれば、元の世界に帰してくださるんですよね？」

「ああ」

胸にまとわりつく不安を払うようにミコは拳に力を込め、アンセルムに臨む。

「わかりました――このお話をお受けします」

「取引成立だな」

癪に障るドヤ顔のアンセルムと気遣わしげな視線を送ってくるデューイを横目に、ミコは窓の外を見やる。

見知らぬ世界の空にも、こちらに来る前に見たときと同じ夕焼けが広がっていた。

――お母さん、お兄ちゃん。天国にいるお父さん、コタロウ。

なぜかいきなりとんでもないことに、なってしまいました。

二章　守り主の正体

お試しで喚ばれてから、一週間後。

ミコは王都から、太古の森に一番近い西部の街ブランスターに移ることになった。

これみよがしなほど豪奢な馬車に乗り込み、王都キングストレゾールから延びる街道を西へ進むこと三日――

「――目的地までもう間もなくです、聖女さま」

言ったのは、同乗していたデューイである。

「すみません、フォスレターさん。お仕事で忙しいのに、同行してもらって」

「とんでもありません。むしろお詫びしなければならないのは私の方です」

常に紳士然として礼儀正しいデューイはどうやら、主君の召喚やその後の取引について気が咎めているようで、ミコにとても親切に接してくれていた。

「フォスレターさんは王太子殿下の臣下ですから、仕方がないですよ」

「お気遣い痛み入ります。……殿下は少々強引で尊大なところもありますが、体調不良の国王陛下に代わってご立派に政を行い、国力の充実に努めていらっしゃる方なのです」

(王さま、体調が悪いんだ)

言われてみれば、王宮の中でミコが一方的に見かけていたアンセルムはいつも誰かと話をしていて、たしかに忙しそうだった。

――「二カ月だ。二カ月で守り主を説得しろ」

ミコの脳内をよぎったのは、取引に応じたあと、去り際にアンセルムが遠慮会釈もなく言い放った台詞。

承諾してから期限を追加するという狡い手を使っておきながら、アンセルムの表情は憎たらしいほどぴくりともしていなかった。

(……無理かな)

デューイのフォローがあっても、人生を急変させたばかりか無茶ぶりまでしてきた相手を好意的に見られるほど、ミコは人間ができていない。

(フォスレターさんはいい人だと思っているんだけど……)

デューイは由緒正しい名門侯爵家の御曹司らしいが、ミコの下宿先の手配に加えて、出発までの間は生活に必要な知識を教えてくれるなど、すごく面倒見がいい。

「聖女さま、どうやら到着したようです」

デューイに言われて、ミコは窓から外を見る。緑一色だった景色が、洒落たガス灯の配された広い通りに変わっていた。

「下宿先の家主さんは昔、文官の要職を務められていたんですよね？」

「王立図書館の館長でした。奥さまも王宮での伺候経験があるお方です」

デューイは「ご夫妻には聖女さまの能力についてすでに告知済みです」と述べる。

「それに、『異世界から召喚された聖女』であることや、その旨について口外ご法度だということもご夫妻にはお伝えしてあります。お二人とも口は堅いのでご安心ください」

「ありがとうございます。ではフォスレターさんも念のため、外で『聖女さま』呼びはやめてくださいね」

「心得ております」

ミコが念押しするには理由があった。

王宮でアンセルムは堂々と「聖女殿」と呼びかけるし、デューイも「聖女さま」呼び。輝かしい血統の両者から大層に呼ばれる少女は物珍しい能力を有している、という話はすぐに王宮を駆け巡った。おまけにミコが召喚時に着ていた、こちらの世界にはない高校指定の制服姿を見かけていた人間の目撃談も加わり……

『あの少女は異世界から来た聖女らしい』と、王宮ではすっかり噂になっているのだ。

（外でまで、好奇のまなざしに晒されるのは勘弁だもの）

「到着でございます」

外にいる馭者が言った。扉が開かれるとデューイが先に馬車を降りて、ミコを下車させてくれる。

そこは大通りから一本奥に入った、落ち着いた風情の路地だ。

馬車が止まっている、木とレンガを用いた瀟洒な洋館の玄関先には、本のようなものが描かれた木製の看板がかかっていた。

「こちらがフクマルさまの下宿先です」

デューイは約束どおり、聖女さま呼びを封印してくれている。

（あの看板、本屋さんをしているのかな？）

「いらっしゃい。遠いところをようこそ」

玄関から出てきたのは、明るい灰色の口髭と顎髭が見事な御仁だった。

丸眼鏡の下にはやわらかなセピアの双眸。見るからにおっとりした風貌で、白いポンポン付きの三角帽子をかぶって、白い袋を担いでいたらサンタクロースと勘違いしそうだ。

「ご無沙汰しております、ハイアット卿。このたびのご協力、感謝に堪えません」

「そう畏まらんでくれ。儂は今やただのしがない本屋のおじいさんじゃからな」

「それはあまりにご謙遜がすぎます。――フクマルさま、こちらが王立図書館元館長であられるタディアス・ハイアットさまです」

「会えて光栄じゃ、可愛らしいお嬢さん」

タディアスの丸眼鏡の奥にある目元のシワが深くなる。

「初めまして。ミコ・フクマルと申します」

「――うふふ、素直で明るい、鈴の転がるようなお声だこと」

割って入ってきたのは、やわらかい女性の声だった。

タディアスの隣に寄り添うのは、落ち着いた緑の瞳と薄いピンク色の髪を持つ、臈たけた貴婦人だ。齢五十は超えていそうだが、柔和な笑みをたたえたおもては美しい。

「ご無沙汰しております。フクマルさま、こちらはハイアット卿夫人、モニカさまです」

「ごきげんよう」

モニカから香るさりげない甘い香りに包まれて、ミコはぽうっとなる。

「王宮の使者の方が、こんなに愛くるしいお嬢さんで嬉しいわ。ねえ、あなた」

「そうじゃな」

おしどり夫婦からの歓待にミコは胸を撫で下ろした。

二人ともとても優しそうで、聖女に対する変なよそよそしさも、へりくだる様子もない。

むしろ、視線が孫を見るように穏やかだ。

（おじいちゃん、おばあちゃんって呼びたい……）

「馬車での移動で疲れたでしょう。二人とも中へどうぞ」

モニカの誘いをデューイは「申し訳ありません」と断る。

「せっかくですが、私はお暇させていただきます。四日後、カタリアーナ王国の王妃殿下が来訪なさる予定でして。指示は出してありますが、最終確認は私の役目ですから」

「嫁がれた、国王陛下の実の妹君か。それは万事抜かりなく準備を整えねばのう」

（知らなかった）

ミコには驚きと一緒に、多忙の最中に王都から離れさせてしまった心苦しさが募る。

「すみません、フォスレターさん。わたし、全然事情を知らなくて」

「私がお話ししていなかったのですから、あなたさまになんら非はありませんよ」

ミコに慈父のようなまなざしを向けていたデューイは、再びタディアスたちの前で居住まいを正す。

「では、私はこれで失礼致します。くれぐれも、お役目に臨まれますフクマルさまのことをよろしくお願い申し上げます」

そう挨拶したデューイは、馬車でなく馬装した馬で颯爽とハイアット邸をあとにする。

ミコは改めて二人に一礼した。

「本日からお世話になります、ハイアットさま」

「名前でかまわないわ。私たちも、ミコちゃんと呼んでもいいかしら？」

「もちろんです！」

ミコが即答すると、モニカは上品に微笑み、タディアスは破顔する。

「じゃあ、何はともあれまずはみんなで軽食にしましょうか」

「そうじゃな」

タディアスとモニカがミコを笑顔で手招く。

下宿先でうまく馴染めるだろうか、という不安は多少なりともあった。それが杞憂に終わったことに、ミコは密かにほっとする。

（あとは、本題の『守り主』との交渉か……）

仰いだ雲のない青空に、ミコはうまくいくことをただ切実に願った。

あくる日の早朝。

「うーん！」

空から注ぐ朝陽を浴びながら、ミコはめいっぱい背伸びをした。今は春の初めとはいえ、早朝の空気はまだ肌寒い。

それでも大きく息を吸って吐けば、清々しい気分になった。

まとわりついていた眠気も吹き飛ぶ。

（晴れそうだし、服はこれ以上着込まなくても大丈夫かな）

ミコは丈夫な革の編み上げブーツに、しっかりとした生地のワンピースという出で立ちだった。動きやすさを重視しているが、意匠はシンプルながらも女の子らしい。

肩に背負った鞄がアンバランスだけれど、歩くのでそこは仕方がない。

「おはようございます、フクマルさま」

挨拶をしてくれたのはがっしりとした体格の壮年の馭者だ。元騎士という経歴から護衛も兼ねている。

街からさらに西に広がる、深く広い太古の森に一番近い領域までは馬車でも一時間ほどかかるらしいので、そこまで送迎してもらうのだ。

「足元にお気をつけください」

「すみません、ありがとうございます」

馭者の手を借りて、ミコは車体が高い座席に乗り込む。

「それでは出発します」

馭者のかけ声とともに、馬車は城壁の外へと続く路に向かって動き出した。

馬車で走ること一時間余り。

城壁から遠くなるほど、徐々に細く人通りがなくなる路から逸れた場所——太古の森の領域の手前で、馬車は停まった。

「夕刻にまた、私はここへお迎えに上がります。必ず間に合われますように」

駁者の操る馬車が遠ざかると、ミコは心細さと不安を覚えた。

吹き寄せた少し冷たい風が樹木をざわめかせ、ミコの艶やかな栗色の髪をなぶる。

風だけのせいではないぞくりとした感覚に体中が総毛立った。

(だめだめ、しっかりしなきゃ！)

気合いを入れ直したミコは、いよいよ太古の森へ足を踏み入れた。

樹林の絨毯といった様相の森の中は深い木立があって、木漏れ日が射している。

視認できる範囲には起伏があまりないので見晴らしがきかず、自分がどこにいるのか、あっという間にわからなくなりそうだった。

(遭難したら元も子もないよね)

ミコは一定の間隔を空けて、樹に持参していた細い布をくくりつけていく。

デューイから教わった、道迷い防止のためのもっとも単純な目印だ。

「いったいどこにいるんだろう……」

紫の瞳を有すると云われる『守り主』。

どんなものかわからないので不安はあるが、帰還がかかっているだけに何が出てきてもがんばらないと。……おばけやゾンビでないことを心より願う。

(できれば、もふもふの可愛い動物でありますように！)

希望としてはどんぐりをくれる、ふくよかなお腹と太い尻尾を持った丸いフォルムの生物――不朽の某名作アニメに登場する不思議なもののけの姿をミコは脳内に描いた。

そうして、ミコは不安と緊張を胸に森の中を歩いていたのだが――

あれよという間にずいぶんと時間は経ち、空にある太陽はすっかり高く昇っていた。

「……っ、守り主どころか、動物一匹出逢わない……！」

呻きながらミコはその場にへたり込んだ。

かれこれ数時間、独り言と吹き抜ける風の音、あとは自分の足音しか聞いていない。ここは無人（この場合は無獣？）の森なのか。

（ひょっとしてわたし、森間違いしてる……？）

一抹の不安が頭をもたげたけれど、街から西にあるこの森が太古の森で間違いない。

「――よし、ごはんにしよう」

ここまでずっと歩きっぱなしだ。

休憩がてらにと、ミコが持ってきていた手作りのサンドイッチが詰まった籐の箱を開けようとしたときである。

『いたた……』

ふいに、何かの声が聞こえてきた。

声がしたとおぼしき緑の茂みをミコがそっと覗き込んでみると――ぴんと尖った耳を持つ獣が座り込んでいたのだ。

肢体は月光を縒ったかのような銀毛に包まれている。うるうるの瞳は透明感のある空色だ。外見は犬にそっくりで、ちょっと凛々しいサモエドといった感じである。

『!? にんげん!?』

銀色のもふもふはミコの姿を認めるなり、尻尾を伸ばして威嚇するようなポーズを取る。しかし、その左の後ろ脚には赤いものが滲んでいた。

『こ、こっちにこないで！』

「あなた血が出てるよ、大丈夫？」

言うと、もふもふはきょとんとする。ミコの言葉が理解できることに困惑したようだ。

「手当てをするから、近づいてもいい？」

『……ボクをつかまえにきたんじゃないの？』

「そんなことしないよ？」

ミコを見上げていたもふもふは数拍経つと、威嚇のポーズをといてまた座り込んだ。怯えさせないようにミコはゆっくりと近づき、手が届く位置にしゃがむ。

（そんなに傷は深くなさそうだけど……）

「ねえ、どうしたのその怪我？」

『……にんげんにやられたの』

「人間に？」

『うん。みつかっちゃってにげたんだけど、やをよけきれなかったの』

質の悪い狩猟者と遭遇したようだ。それでミコをあからさまに威嚇したのだろう。

（こんなに可愛い子を狙うなんて、許せないな）

ミコはどこの誰とも知れない輩に憤りを募らせながら、持っていたハンカチをもふもふの左後ろ脚に巻いていく。最後はほどけないようにしっかりと結んだ。

「はい、できあがり。きつくないかな？」

『……だいじょうぶ。ありがとうなの』

もふもふは素直にお礼を言う。声と垂れた尻尾に、先ほどまでの張りつめたものはない。

ミコは「どう致しまして」と返事をして、もふもふに笑いかけた。

「わたしはミコっていうんだ。よかったら、あなたの名前を教えてもらえる？」

『ソラだよ。……どうしてミコはボクとおはなしができるの？』

「わたしはいろんな生き物と会話ができる能力があってね。だからわんちゃんのソラくんとも話せるんだよ」

『ミコ、ボクはわんちゃんじゃなくて、マーナガルムっていうげんじゅうなの』

……幻獣って、魔法と並び称される空想の産物の二大巨頭のあれ？

能力なんて摩訶不思議なものがあるくらいだ。幻獣がいてもおかしくはないけれど。

ロマンある空想上の生物との遭遇に驚愕を通り越して、ミコはいっそ感心した。

（まさしく異世界だなあ……）

『ねぇ、ミコはこんなところでなにしてるの？』

「この森に棲むっていう、紫の瞳を持つ守り主に用があって捜しに来たんだ」

『わかった！《きょだいか》』

ソラがそう叫ぶなり、ミコの視界が見る間に銀色で覆い尽くされ――

大型犬くらいだったソラの肢体が、迫力のある熊ほどに巨大化した。

――でっかくなって、もふもふぶりは三割増し。

これも能力かな、幻獣にも能力ってあるんだとか、ミコはのんきな感想を脳内に羅列してぽかんと固まる。

『ミコ、あるじにごようがあるんでしょ？　てあてをしてくれたおれいに、ボクがつれていってあげるの！』

「……え……？」

思考が鈍っているミコの襟元をくわえたソラは、ひょいと背中にミコをのせた。

熊ではなく、大きな狼（の幻獣）に跨る体勢となったミコは、慌てて銀毛を掴んだ。

『しっかりつかまっててなの』

言うなりソラは力強く地を蹴った。その衝撃で、木の葉が勢いよく旋回しながら舞う。

駆け出すソラの速度は、危険なほど速い。

「うっひゃあああああああ⁉」

アスレチックどころではない恐怖から、ミコは素っ頓狂な絶叫をほとばしらせた。

『あるじはこのさきのねぐらにいるの』

歩くほどに速度を落としたソラが進んでいるのは、無数の枝がアーチ状に重なる樹のトンネルだ。それをくぐった先にあったのは新鮮な陽射しが燦々と降り注ぐ緑地だった。

中央には緑の葉が陽光に揺らめく、樹齢何百年という風情の大樹が空へ伸びている。

ソラが立ち止まったのを見計らい、ミコはソラの背中から下りた。

(地面って落ち着く……。ソラくんの毛並みの手触りは極上だったけど)

『あるじ、ただいまなの！』

ソラが元気いっぱいの調子で話しかけたソレを目にした刹那――ミコは心臓が口からまろび出そうになった。

(な、な……⁉)

自分の目がおかしくなったと、疑わなかった。

陽だまりで日光浴をするようにうずくまっているのは、象を遥かに凌ぐ巨軀。口元からは尖った牙が覗いている。まっすぐ伸びた螺旋状の角に、この世に砕けぬものなどないであろう鋭い鉤爪のある四肢はまるで巨木だ。

紫を帯びた黒鱗は雨に濡れたように光沢を放っていた。背にもたげた巨大な両翼は空を翔ける折には力強く羽ばたき、風を切るだろう。

（あ、あれってもしかしなくても、竜……っ⁉）

他の生物とは一線を画す、絶望的な存在感を前に身体がまるで言うことを聞かない。全身が震えて、ミコは膝からくずおれた。

『………ソラ』

牙のある口から紡がれるのは、人外の低い声だ。

ミコと見合った途端に黒竜はグルルと地の底から響くような唸り声を上げた。悠然と構えたままにもかかわらず、視線だけで命を狩ってしまえそうなほどその眼光は鋭い。下手に猛り暴れるよりも、その静けさが逆に底知れぬ恐怖を生む。

『なぜ人間を連れている……？』

『ミコはボクのけがのてあてをしてくれたの！』

「ソ、ソラくん。わたしは守り主に会いに来ただけなんだけど……！」

ひそひそ声で話の腰を折ったミコに、ソラはあっけらかんと。

『あるじがこのもりのぬしだよ』

「えええええええええっ!?」

大音量の絶叫がミコの喉から飛び出した。

（う、嘘だよね？　だってそんな……）

これが幻影か何かでありますように。神頼みに近い感覚でミコはこわごわと黒竜を見る。

黒竜の瞳孔は縦に長く、その虹彩は――深い紫色。

聞いていた事前情報と合致してしまった。ミコは青ざめた顔で絶句する。よりにもよってなんで竜!?

『それでね、ミコはあるじにごようがあるみたいだったから、つれてきたの！』

恐怖のあまり声も出せずにいるミコとは対照的に、ソラは黒竜に露ほども怯まず、元気よく回答を再開する。

『あとミコはね、ボクとおはなしができるの！』

『……！』

驚いたように、黒竜の目が見開かれる。

――ファンタジーでは正と邪、どちらにしても竜の位置づけは最強だ。

そして目の前にいる黒竜は語らずともその言語を絶する佇まいだけで、幻獣の頂点にし

て生物の覇者なのだと本能的に感じ取れる。

(……け、けどもしかしたら、間違いってこともあるかもしれないし)

ミコはありったけの勇気をかき集めて、祈るような気持ちを込めたか細い声で訊ねた。

「あ、あなたが太古の森を縄張りとする、守り主さまですか……?」

『……人間どもがどう呼んでいるかは知らないが、俺が森を侵す強欲な人間を叩き出しているのはたしかだ』

その低めた声からは、黒竜の人間に対する嫌悪と不愉快さが伝わってくるようだ。

自ら背にのせてくれたソラとは違い、どう考えても非友好的である。

(恐いよぉ!)

恐怖が天元突破したミコはソラのもふもふした躰にしがみついた。

「お、怒らせて食べられちゃったらどうしよう……!」

『ミコ、あるじはにんげんをたべたりしないから、だいじょうぶなの』

独り言が聞こえていたようで、ソラから返事がくる。

「……そう、なの……?」

『うん。ボクたちげんじゅうはね、おひさまのひかりをあびれば、ごはんはたべなくてもだいじょうぶなんだ。たべたりもできるけど、にんげんはたべないの』

ソラからもたらされた耳よりな幻獣生態情報により、ミコはわずかに安堵する。

どうやら頭の片隅で危惧していた、頭からむしゃむしゃ食べられる心配はないようだ。

『……お前は何者だ。なぜ幻獣の俺たちと会話ができる』

黒竜の射抜くような視線にあてられたミコは、思わずひっ！　と短く声を上げた。

（し、しっかりしないと！）

ミコは胸元を押さえて、恐怖で暴れる心臓を宥めた。落ち着け落ち着けと、しつこいくらい自分に言い聞かせる。

「……わ、わたしは、ミコといいまして、異世界からの召喚聖女でひゅ」

正直に申告したものの、舌がもつれて噛んだ。いくら恐いからって、この状況下で締まらなすぎる！

『異世界からの召喚聖女だと……？』

「は、い。わたしの能力は、《異類通訳》でして……言霊なしで、常にあらゆる生き物と会話ができるんです……」

ミコのおっかなびっくりの説明を聞いた黒竜は数瞬ののちに——

『……人間に用はない、去れ』

黒竜の端的な言は氷片のごとく冷たい。まなざしは突き放すように厳しいものだ。

呼吸が憚られるほど、周囲の空気が重く感じる。

（っ、もう、無理！）

「す、すみせんでした！　今日は失礼します！」

黒竜めがけて言い投げると、ミコは一目散に走り出した。

ねぐらを出ても、恐れをなす身体の震えは一向に収まってくれない。

（……何かをされたわけじゃないけど……）

それでも、畏怖の念を起こさせる竜に拒絶を突きつけられれば、さすがに平常心を保つのは無理だ。

一度退いて、交渉相手が竜だときちんと認識した上で、改めて覚悟を決めて仕切り直さなければならない。

本音ではもう関わりたくないけれど――

（帰還のために、投げ出すことはできないから）

ミコは自分の心を必死に叱咤しながら、がむしゃらに足を動かした。

翌日。ミコは再び太古の森へとやってきていた。

『家に帰る、絶対に』を合言葉に恐怖を凌ぎ、一晩かけて腹をくくったのである。

（本物の竜は純粋に恐かったけど）

ただ、あとから振り返ってみると力でミコを排除しようとはしなかったので、狂暴な気性ではなさそうだ。

なんにせよミコの攻略すべき相手は竜だ、何も知らずに挑むのは自殺行為でしかない。

（タディアスさんからある程度の話は聞いたけど、現場でも調査をしてみないと……）

昨夜、タディアスに何気なく太古の森の守り主について訊ねてみたら、その正体が竜であることをさも当然のように知っていたので、色々と教えてもらったのだ。

なんでも幻獣は上位種ともなれば強力な能力をいくつも保有し、体内で生成する魔力量が桁違いな上に自然の魔力も利用できるとかで、威力は人間のそれを遥かに上回る。

中でも、ひときわ強大な力を持つ竜は最上位種とされているらしい。

（見た目そのままの最強ぶりだよね……）

ラスボス的立ち位置かと思いきや、太古の森の黒竜は畏怖の対象でこそあるものの、人里に害を及ぼすことはないため、森の守り神として『守り主さま』『黒竜さま』と崇められてもいるのだとか。

――畏怖は黒竜に限った話ではなく、幻獣全般に言えることなのだが。

その裏では、希少性の高さから密猟が絶えないのだと、タディアスは嘆いていた。

（黒竜さまのあの態度からして、人間嫌いなのは間違いなさそうだけど）

（……自分たちを狙う人間を毛嫌いするのは、無理もないかも）

ミコは木立の影に生えている緑の苔を慎重に踏む。うっかり転んで、足を捻りでもしたら大変だ。

（でも、人間嫌いの竜か……先が思いやられる）

「ソラくんいないかな……」

ひとまず黒竜について話を聞いてみたいが、どこにいるのかわからない。ねぐらに行けばいるかもしれないけれど、そこには黒竜もいるので遠慮したいところだ。

そんなことを考えていれば。

『あっ、ミコだ！』

目当てのソラがミコの方へと走り寄ってきた。なんてタイミングだろう。

ミコの足元に来るなり、ソラは行儀よくお座りをする。今は出逢ったときと同じ大型犬サイズだ。

『近くでミコのにおいがしたから、きてるのわかったの！』

「そうだったんだ。またソラくんに会えて嬉しい」

『ボクもなの！』

ミコを見上げる空色の目は澄みきっている。手当てをしたからか、全然警戒されていないようだ。

というか、長くて太いふわふわの尻尾はそよ風を生むほど左右に揺れている。可愛い！

「ソラくん、脚の怪我は大丈夫？」

『うん！　あさになったらなおってたの！』

……さすがは幻獣だ。

『ミコ、きょうはどうしたの？』

「えっと、ソラくんに黒竜さまのことを教えてほしいなって」

『あるじのこと？』

「うん。黒竜さまは普段、どんな感じなの？」

『あるじはかっこよくてね、すごくやさしいの！』

無邪気なソラの言葉からは黒竜への信奉と愛情が伝わってくる。瞳をきらきらさせるその様は、ヒーローに憧れる男の子のようだ。

優しいについてミコはまったくピンとこないけれども。

ソラの懐きっぷりからすると、あながち間違いではないのかもしれない。

（仲間には寛大、と）

ミコは心のメモにしっかりと記録する。

『もりでわるいことをするにんげんをこらしめてくれて、とってもとってもつよいの！』

「……昨日、睨まれるだけですんだのは幸運だったのかも……」

ミコがおっかない心地でひとりごちたときだ。

『——またお前か』

地面を踏みしめる大きな足音とともに、黒竜が現れた。風体だけなら確実に、ヒーローの前に立ちはだかるラスボスである。

静かでいて絶大なその圧にミコはたじろいだ。

(み、見つかった!)

罪をおかしたわけでもないのに、なぜか犯行現場を目撃された犯人のような心境になる。

さっきのソラの「こらしめる」の単語がふいに脳裏をよぎったミコは、悪意がないことの意思表示のために強張った笑顔で挨拶を述べてみた。

「こ、黒竜さまにおかれましては、ご機嫌麗しく……」

『……ソラ、なぜお前はその人間に懐いている?』

黒竜の問いただすような口調にミコはびくっと震えてしまう。

しかし、ミコの足元でお座りをしているソラは少しも恐れない。どころか、嬉しげに明るく言った。

『ミコはこわくないし、ボクをてあてしてくれるおててもやさしかったの!』

『……博愛的なその懐っこさを少しは自重しろ……』

「わ、わたしは嬉しいですが……」

『誰もお前に意見など聞いていない』

一蹴だ。ミコへの反応はソラへのそれと比べると、圧倒的に冷たく薄い。

『……ソラに免じてこの場は見逃す。二度とこの森に近づくな』

黒竜は撥ね退けるように言い捨てて、踵を返す。『来いソラ』と促されて、ソラも黒竜について去っていった。

――あきらかに、敵視されている。

ミコ個人というよりは、人間そのものをといった感じではあるけれど。

なんであれ、自分を嫌う者と対峙するのはどうにも気が重くて、心が沈みそうになる。

「――大丈夫、余裕！」

ね、お母さん！　ミコは口角をにっと上げて、ここにはいない母を思い浮かべる。

これはかつて、母から教わったおまじないだ。

――「しんどいときはね、嘘でもいいから『余裕』って、笑顔で言ってみるの」

――「そうしたら、なんとなくそんな気がしてきて、もう少しがんばれるから」

いつも明るく強い母はミコの憧れ。

その母の教えを実践すると、根拠はないが元気が湧いてくる気がするのだ。

「――いつもみたいに自分にできることを全力でがんばる！　で、元の世界に帰るんだから！」

頭上の高く晴れた空に、ミコは改めて前向きな誓いを告いだ。

　そのまた翌日のこと。

（……今日はちょくちょく、動物の姿を見かける気がする）

　現在、ミコは情報収集目的で太古の森を歩いている最中なのだけれど、一昨日や昨日とは打って変わって、今日は樹梢や草木の茂みにうさぎやリスの姿があったのだ。

　ミコを遠巻きに眺めているようだったが、声をかけると逃げられてしまった。

『……こんなところに人の子？　ああ、もしかしてあれが例の噂の……』

（噂？）

　声がした方に視線を動かすと、樹々の間からこちらの様子をうかがう褐色の獣の姿。

細長い脚に赤黒い目をした牝鹿だ。

「こんにちは、鹿さん。今言っていた、例の噂って何？」

『あら？　あんたもしかして、あたしの言葉が解るの？』

「持っているのがそういう能力だから」

『珍妙ねえ』

　鹿は動じる素振りもなく、むしろしゃなりしゃなりと歩み寄ってきた。

『一昨日から、「ちんまりした人間が、黒竜さまの従魔のマーナガルムに跨っていた」って話が森で爆発的に広まってんのよ』

姿はなかったがどこからか見られていたようで、ソラの背に乗っていたときのことが話題になっているようだ。というか、非人間族からもわたしはちんまり認定なの？

「へ、へえ、……そういえばあなたは、他の小動物たちみたいに逃げないんだね？」

『リスやらうさぎやらは臆病だから、まだ警戒してんでしょ。でも、あんたって森に入ってくる他の人間たちと違って、雰囲気が全然殺伐としてないんだもの。万が一、何かあったとしてもあたしの美脚一つで制圧できそうだしね』

きっと逃げられたら追いつけないだろうし、蹴っ飛ばされたら大怪我必至だ。

鹿の予測は的中しているのだけれど、無性に情けない。

（……いやいや、自分のへなちょこぶりにダメージを受けている場合じゃなくて）

「ところで鹿さん、そのマーナガルムを見かけなかった？」

『それならさっき、あっちで見かけたわ』

「本当⁉　よかったら、案内してもらえる？」

『近くまでならいいわよ』

案内を引き受けてくれた鹿について、ミコは道なき道の脇――案内なしでは絶対見つけられなかった――にひっそりとあった、ゆるやかな斜面を下っていく。

やがて川が流れる場所に出た。清らかな水音で、耳が安らぐ。

『この川を上流に向かってちょっと歩いたところよ』

「案内してくれてありがとう!」

ミコがお礼を告げると、鹿は『じゃあね』と元来た道を帰る。

姿が消えるまで見送ったミコは、言われたとおり川べりを歩いた。

ほどなくして前方に見えたのは、腹ばいになっているソラだ。――その背後には残念なことに、躰を地面に伏せている仰々しい黒竜の姿もある。

『! ミコ!』

ソラが突進するような勢いで駆け寄ってきた。

それとは正反対に、ミコの姿を視認した黒竜はこれみよがしにため息をつく。咆哮するわけでもなく、どっしりと構えた姿勢のままなあたりが王者の余裕を感じさせる。

『――お前はいったいなんなんだ』

黒竜はうんざりした声を放った。

『二度と森に近づくなと忠告したはずだ。……腕の一本でももがないとわからないのか?』

(ひぃぃっ!)

黒竜からの恫喝と極寒の空気にあてられて、ミコは腰が抜けそうになった。

寒くもないのに、背筋に悪寒が走って吐き気さえする。

（だ、大丈夫、余裕！）

胸中でおまじないを唱えて、ミコは自分を奮い立たせる。

ここで弱気になってはいけない。家に帰るため自分にできることを全力でやると決めたはずなのに、こんな簡単に心が折れてどうするのだ。

「へ、平気です。黒竜さまのことは全然恐くありませんから……！」

『……そういう強がりはせめてそれらしい体勢を整えてから言え』

「え？　最大限にがんばっているんですけど……何かおかしいですか？」

『怖気づいているのが丸わかりなくらい、腰が引けている』

呆れたように言われて初めて、ミコは自分がかなりのへっぴり腰状態であることに気づいた。勇ましい心とは裏腹な身体のビビり加減が情けない。

『――本当に、何がしたいんだお前は？』

ミコの間抜けな態度に当惑したように、黒竜は抑揚なくぼやいた。

『つつけば倒れそうなくせに丸腰で、幻獣を見つけたところで捕らえるどころか手当てをする始末。……なんの目的があって森へ踏み入る？』

返答次第ではただではおかないことを暗に示して、黒竜はミコの真意を問うてくる。

（……黒竜さまは意外と、ちゃんと返事をしてくれたし）

今のところ、ミコは何もされていない。

ソラの発言や今しがたのやりとりからしても、黒竜は理性を欠いているわけでもなければ、話がまったく通じないというわけでもなさそうだ。

要求を伝えれば案外承知してくれるかもしれないと、ミコは大きく息を吸って吐いた。

「……わたしは、王太子殿下から頼まれた役目を果たすために、ここへ来ました」

ミコは拳をぎゅっと握り、黒竜を仰ぐ。

「黒竜さま、この森から出ていってもらえませんでしょうか?」

正面切って訴えると、重苦しい沈黙が周囲を満たした。

(……どうしよう、言い方間違えたかも……っ!)

言ってから、自分の発言があまりにも直球であったとミコは自覚する。黒竜の反応を考えるのさえ恐ろしくて、気が遠くなりかけた。

『…………他の人間とは違うと思ったのは俺の勘違いだった』

間の長さと地を這うような重低音の声が、黒竜の静かな怒りを物語っている。

生命の危機がすぐそこに迫っているような感覚に、ミコは生きた心地がしなかった。

「すっ、すみません言い間違えました! 正しくはその、住処をこちらから別の場所へ移動していただきたく、です!」

『……十秒以内に消えないと吹き飛ばすぞ』

「そ、それは嫌(いや)ですけど帰ることもできません！」

ほぼ反射でミコは声を上げた。

「じ、実は別の場所で生き物の密猟が、横行していまして。人間だけでは、どうしても対処できないから、黒竜さまにそちらの新たな主となっていただきたいんです……！」

ミコは転居してほしい事情をぎこちなく述べる。

とはいえ、これはミコが考えた作り話だった。

嘘をつくことは心苦しいけれど、相手が誰であろうと転居を一方的に求めるからには、理由というものが絶対に必要だと思ったからだ。

『……忠告はこれが最後だ。さっさと去れ』

「転居に応じていただけるのなら、すぐにでもこの場から消えます……っ」

『――では聞くが、俺が人間の勝手な要求を聞き入れる義理がどこにある？』

（それはたしかに……）

黒竜の意見は至極(しごく)もっともだとミコは納得(なっとく)した。

アンセルムは希少な魔石(ませき)、ミコは元の世界への帰還。どちらも黒竜には無関係な手前勝手である。

「もちろん、タダとは言いません。王太子殿下は黒竜さまの望むものを用意するとおっしやっています」

『くだらない』

ぴしゃりと言い捨てた黒竜はミコに背を向けてしまう。

一縷の希望が、遠のいていくような錯覚を覚えた。故郷ののどかな景色、笑いかけてくれる家族の顔がミコのまなうらを一閃する。

――ここで退いちゃだめ！

「お願いします黒竜さま！　わたしにもできることがあるなら、なんでもしますから！」

『――――ほう？　なんでもとは、ずいぶんとでかい口を叩くな』

振り返った黒竜の冷めた物言いには、お前のような矮小な者に何ができる？　と侮りきった心情がはっきりと滲んでいるから、ミコは怯えよりも反骨心が強くなった。

「わ、わたしにできることは多くありませんが、全力でがんばる所存です……！」

『……なら、この先の川の岸一帯を清らかにしてみろ』

黒竜は川下を顎でしゃくる。

『不快なことに、人間どもが打ち捨てていった道具やらが散らばっている。それを一掃できれば、要求について考えてやる』

「やりますっ！」

一も二もなく、ミコは黒竜の提案を受け入れた。

『……何日で音を上げるか見物だな』

「音を上げたりしません！」

せせら笑うような言い方をする黒竜めがけて、ミコは本気とやる気を声にのせて叫ぶ。

「わたし、がんばります！　どんな無茶でも絶対にやり遂(と)げてみせますので！」

若干(じゃっかん)腰が引けた姿ながらも、ミコは黒竜に決意を叩きつける。

それに返事をすることなく、その黒い後ろ姿はやがて樹々の向こうへ見えなくなってしまった。

黒竜との約束から一週間が経った日の昼過ぎ。

「ふー、ちょっと休憩しようかな」

ミコははめていた手袋(てぶくろ)を外して、澄んだ川の水で手を洗う。それから手頃(てごろ)な岩に布を敷(し)いて腰を下ろした。

「結構綺麗(きれい)になったかな」

ミコは連日、黒竜が指定した川岸の清掃(せいそう)に粛々(しゅくしゅく)と励(はげ)んでいる。

俺とやり合って勝てとでも言われたら、ミコは自分の命を優先して逃亡(とうぼう)しなければならなかっただろう。けれども、川の清掃を提示されたときは「なんだそんなことか」と、少し肩透かしを喰らった気分だった。

——そこからして、甘かったのだけれど。

「先はまだまだ長いなあ……」

何せ、指定された森に沿うこの川はとにかく長い。それでもどうにかミコは中流からごみをこつこつ拾いながら移動してきて、ようやく下流付近まで進んできたのだ。

この川はどうやら、密猟者たちが水場として使っているらしい。

岸にはナイフやら折れた斧などの武器から、野営の際に使ったとおぼしき樽や布などが目につく。それらを麻袋に回収して、岸の端っこにまとめているのだ。

(密猟者って多いんだろうな……)

ごみの量と範囲からだけでも、かなりの数がいると推測できる。落ちているのも錆びて朽ちかけたものから真新しいものまであった。

密猟者は昔から今まで絶えず出没しているようだ。

(これだけ汚されたら、そりゃ黒竜さまも嫌だよね……)

森の外から持ち込まれた人工物が不躾に転がっているのは、ここを住処にする者からすれば気分が悪いだろう。

森に似つかわしくない異物には、ミコだって顔をしかめたくなる。

「午後からもがんばろうっと」

ミコが背伸びをしながら、気合いを入れ直したとき――

石を蹴る力強い音が聞こえるなり、地を割るような獣の咆哮が轟く。

ミコは一驚して振り返る。

すると、視界に大きな黄金色や、薄い黄色の体軀がいっぺんに飛び込んできた。

「きゃあああああっ!!」

視線の先に獣の集団がいたものだから、ミコは絶叫を炸裂させた。

だけど――

『そこの人間、今すぐこの森から出てい――』

「すごいっ、あなたはひょっとして幻獣!? あっ、子どももいる! 可愛いっ!」

口火を切った鷲の上半身と獅子の下半身を持つ黄金色の子連れ幻獣の姿に、ミコは目を輝かせる。タディアスに黒竜や幻獣にまつわる話を教えてもらったときから、他の幻獣にも一目会ってみたいとひっそり思っていたのだ。

盛り上がるミコとは反対に、その場にいる幻獣たちは一様に目が点になってしまった。

『……いやちょっとあんた、グリフォンであるあたしを前にして、なんで嬉しそうなんだい……?』

『そうだよ! 上位幻獣に威嚇されて逃げ出すどころか喜ぶっておかしいだろ!?』

母グリフォンと、額に赤い宝石がついたうさぎに似た幻獣から抗議が飛んでくる。

幻獣の沽券に関わることだったかと、ミコは若干申し訳ない気持ちになった。

「す、すみません。……何せラスボス感満載の黒竜さまが比較対象になっているので、他の幻獣たちはあまり恐く感じなくて……」

……………。

ミコの弁解に、幻獣たちは黙って視線を斜めに落とす。返す言葉が見当たらないらしい。

「赤い宝石がついているあなたは、なんていう幻獣？」

『……カーバンクル』

（その名前、聞いたことある気がする）

なんにせよ、小さなカーバンクルから大きなグリフォンまで、どの子も毛並みがすこぶる素晴らしい。

ミコはもふもふしたい衝動をがんばって自重する。

「ところで、あなたたちはわたしと喋って驚かないの？」

『それは、……まあ、オイラたちは先に聞いて知ってたし……』

（誰から聞いたんだろう？）

小首を傾げつつ、ミコは幻獣たちがここへ集っている理由を考える。

（もしかして……）

「あなたたち、水浴びに来たんでしょ？　わたしはこのあたりを掃除しているだけで、邪魔はしないから心置きなく遊んでね」

……………。

再び目を点にして黙り込んでしまった幻獣たちを尻目に、ミコは意気揚々と清掃を再開した。

――しばらくして。

『ミコ、はい』

「カーバンクルくん、ありがとう。それはこの袋に入れてくれる？」

『わかった。あそこにも落ちてるから、オイラ拾ってくる！』

「尖ったもので怪我をしないように気をつけてね」

『これはこっちでいいのかい？』

「大丈夫です。って、グリフォンさん！　子グリフォンちゃんが川にダイブしました！」

『なんだってっ⁉　こらっ、勝手に入るなって言ったじゃないか！』

『きゃーっ！』

『……………おい』

突然、どしんという音がして、唸るような低い声がミコたちの和やかな会話の腰を折る。

——黒竜は陽光を受けて、紫を帯びた黒鱗は宝石のように輝いていた。

相も変わらずのとんでもない存在感に、ミコはつい後ずさりたくなる。

(でも、最初みたいに腰を抜かすほどじゃない)

黒竜は密猟者がいないか森の中を巡回しているようで、この水辺にも顔を出す。

……よく目にはしていても、やっぱり背筋が寒くなってしまうけれど。

『お前たちは何をやっているんだ……』

鷲の上半身と獅子の下半身を持つ黄金色の子連れグリフォン、額に赤い宝石がついたうさぎに似たカーバンクル。その他にもミコの周りには数匹の幻獣たちがいて、揃いも揃って清掃を手伝ってくれていた。

そんな同胞たちを黒竜はやおら一瞥する。

『……手助けしろなどと言った覚えはないぞ』

『申し訳ありません。このお嬢ちゃん、威嚇したあたしに驚きはしましたが恐がらず』

『反応にこっちが逆に困っちゃって。どうしようかと思ってしばらく様子を見てたけど、オイラたちに何もしてこないし害はなさそうだし、ビビらせるのも無理っぽいしってことでなんかこうなっちゃった』

カーバンクルに同意するように、母グリフォンは首を上下させた。

やりとりから察するに、どうやら幻獣たちは黒竜の指示でミコを脅かそうとしていた模様である。

『……もういいから、戻れ』

何か言いたげだがそれを堪えるような渋い口つきの黒竜に、幻獣たちは一礼して散開した。叱責の一つもなく帰すあたり、黒竜は幻獣たちに優しいようだ。

（意外と恐くないのかも……？）

『ミコ！』

「ソラくん」

尻尾を振りながら、ソラがこちらへやってくる。地面に膝をついたミコは、駆け寄ってきてじゃれつくソラの頭をよしよしと撫でた。

この一週間、ソラは毎日のようにミコに会いに来てくれていた。

だいたいすぐ黒竜に見つかって引き揚げざるをえなくなるのだけれど、それでも会いに来てくれるソラにミコは愛着が湧いているし、向こうも懐いてくれているのがわかる。

『……ソラ、懐くにしても相手は選べ』

『どうして？　ミコはやさしいの！』

『俺が言いたいのは気質のことじゃない……』

ジト目で黒竜は唸る。

黒竜をこんなふうに振り回せる無邪気なソラを、ミコは軽く尊敬した。

「黒竜さまは何かお好きなものはありますか？」

『……森の静かで平穏な時間だ』

黒竜には愛想もへったくれもないけれど、口調と視線からは尖りがやわらいでいるような気がしないでもない。

『……三日もすれば投げ出すと踏んでいたんだが』

点在する麻袋を見やりながら、黒竜はぼそりと言う。

黒竜の予想を裏切り、他の幻獣をけしかけさせるまでに至ったことに、ミコは胸を張りたくなった。

黒竜との約束という前提こそあるけれど――

「自分が諦めない限り、わたしは投げ出しません。……この美しい森の景観を損ねるものは、わたしもいらないと思いますし」

正直に言えば、ふと、頭上から視線を感じた。

顔を上向かせてみると、黒竜と目が合った。すぐに逸らされてしまったけれど。

『……お前は変わっているな』

「そうでしょうか？　能力以外はいたって普通だと思いますが……」

『ソラや他の幻獣たちをこうも容易く手玉に取る奴が、普通なわけないだろう』

「そんな人聞きの悪い。わたしはただ、何気なく話をしただけです」

『意図していないならなおのこと質が悪い。会話ができる上に、ぽやんとした顔が警戒心を削いでしまうんだろうが、厄介だな……』

「今さらっと失礼なことを言いましたね!?」

憤りながらも、ミコは黒竜とのやりとりが増した手ごたえを感じていた。

──相手と距離を縮めるためには、まず顔を合わせて会話をする。

社会での基本に倣ってミコは清掃の傍ら、黒竜を見かけるたびに冷たい目を据えられてへこたれそうになるのを気力で耐えて、粘り強く話しかけていたのだ。

その忍耐と努力が、少しは実を結んだのだろう。

「条件は必ず果たしてみせますので、転居と心の準備をしておいてくださいね!」

今さらなかったことにはしませんよと、ミコは目顔で牽制した。

次の瞬間。

『……意気込みは立派なものだが、お前がやり遂げたところで要求を呑む気はない』

おもむろに黒竜は暴露してのける。

ミコは鳩が豆鉄砲を食ったような顔で絶句した。

「…………え？」

『俺は考えると言っただけで、承諾すると言った覚えはないぞ』

「そ、れは、……」

言われてみればそうかもしれない。だが、それならどうして。

「要求を呑む気がないのに、あんな約束をしたんですか!!」

『……無謀な条件を出せば早々に諦めるだろうと思った。ところがお前は諦めず、幻獣たちを使ってみても効果はなかった』

黒竜は『見た目と違って意外に根性があるな』とつけ加える。今ここで感心めいたことを言葉にされても嬉しくない！

ミコの頬が恥じらいではなく、怒りによって紅潮した。高ぶる感情のままに、ミコは黒竜をキッと睨む。

『……その気になれば、俺は能力で一瞬にして異物を消し去れるからな』

ミコの抗議のまなざしなど意に介さず、黒竜はからかうようにほざく。

――静かな間が数拍続いたあと。

ミコの怒りに震える大きな声が森の中にこだました。

「この嘘つき竜――――――――っ！」

「……はあー……」

太古の森の中にある水底が見通せるほど澄んだ池の畔で、ミコは重苦しいため息をつく。

『家へ帰る、絶対に』を合言葉に、ミコはこれまで気持ちを保っていた。母直伝のおまじないで勇気を奮い起こしてきたのだ。

けれど、自分の中で顔を出してはやりすごしてきた不安を、頭は忘れずに蓄積していて。

――昨日の黒竜の爆弾発言が止めだ。

森へ来るなり、昨日と同じ川の場所へ行ってみると、麻袋はすべて忽然と消えていた。念のために岸を下ってもみたけれど、どこにも不法投棄されたものは見当たらなかったのだ。黒竜は有言実行とばかりに、能力で本当に根こそぎ片づけてしまったのだろう。

（……わたしのこの一週間は、なんだったの）

黒竜の手のひらで転がされただけ。少しは打ち解けたかもと思っていたのにあんまりだ。職務を放棄するわけにいかないので太古の森に来るには来たが、精神的にへばったミコはやるべきことが消えたからと黒竜を捜す気にはなれなかった。

ゆえにこうして、川から程近い綺麗な池の前でぽつんと膝を抱えているのだ。

「……大丈夫、余裕だから……」

ミコはおまじないを呟くも、その声に覇気はなかった。

顔も笑顔には程遠く、憂いの色が強い。

（……お母さんとお兄ちゃん、どうしてるかな……）

きっと今頃は、神隠しにでも遭ったように消えたミコを心配しているに違いない。スマホも財布も入ったままの通学鞄がベンチの上に置きっぱなしだったはずだから、間違いなく捜索願は出されているだろう。

「……みんなに、会いたい」

郷里への恋しさが募ったミコの瞳が涙で潤む。それをミコは手で乱暴にこすった。今泣いてしまったら、きっと立ち上がれなくなる。そんな気がして。

(このまま暗くなっちゃだめだ!)

「よし! 今日はもう色々考えずに、元気と英気をチャージしよう!」

決まり、とミコは脇に置いてあった鞄をごそごそ漁った。ミコが取り出した包みには、小さめのホールアップルパイが入っている。

──「無理しないで、疲れたら甘いものでも補給してね」

出がけにモニカがそう言って、持たせてくれたのだ。

タディアスもモニカもお役目の内容について詮索しない。それでいていつも、見守るようなあたたかい目でミコに接してくれる。

押しつけがましくない気配りと優しさは、ミコにとってとても心休まるもので。

大げさかもしれないが二人はミコにとって、この世界での祖父母のようなものだ。

(ありがとうございます。タディアスさん、モニカさん)

胸の中で感謝して、携行していたナイフでアップルパイを食べやすく四等分する。

「いただきますっ！」

ぱんっと手を合わせたミコは誰も見ていないからと、手摑みした一切れにかぶりついた。

外側のパイ生地は香ばしくサクサクで、中のとろっとしたりんごの甘さはへばった心に染み渡るようだ。

と、ミコがアップルパイを存分に堪能していたときである。

『――くそ！　放せえっ！』

(この声は)

聞こえたのは耳に覚えのある声だったが、どこか切羽詰まっているような気がした。

声が流れてきたと思われる方角にミコは小走りで向かう。

(こっちかな。そんなに遠くないと思うんだけど……)

ミコが天を突くような樹々の間に生える茂みをかき分けて、その先に飛び出すと――カーバンクルたち小さな幻獣が、縄のようなものでがんじがらめにされた状態で樹の幹にくくりつけられていた。

「みんな、どうしたの!?」

『ミコ!!』

捕まっていたのは昨日出逢ったカーバンクルとその仲間が数匹に、同じく昨日あの場にいた子牛ほどの子グリフォンだった。

相当きつく縛っているのか、縄が躰に食い込んで痛々しい。

(なんてひどいことを！)

「待っててね、すぐに逃がしてあげるから……」

「――なんだこのガキ⁉」

振り返った視線の先にいたのは、使い込まれた武器を携えた立派な体格の男が四人。無精髭を生やしたいかつい風貌で、見るからに堅気ではない物騒な雰囲気だ。

――縛られた幻獣ではなく、ミコに驚いた強面のごつい男たちが密猟者なのは明白。

咄嗟にミコは幻獣たちを後ろに庇い、ポケットにしまっていたナイフをかざす。人に刃物を向けてはいけないと教わって育ったが、今はかまっていられなかった。

「この子たちは渡しませんっ！」

「いきなり現れて、何ふざけたことぬかしてんだてめえ？」

(っ！)

平然と人を手にかけていてもおかしくない殺伐とした視線を向けられたミコは、悲鳴をどうにか押し殺して一歩後ずさった。

が、ミコを睨みつけた密猟者のうちの一人にあっという間に距離をつめられる。

男はミコのナイフを握ったままの腕をなんなく摑んだ。

「痛っ……！」

「──捨てられたのか肉づきはちと貧相だが、肌や髪の艶はいい。よし、大漁ついでにこのガキも売っちまえ。金持ちには少女趣味のド変態は腐るほどいるからな」

(!?)

腕を掴む男が、買い物ついでみたいな調子で恐ろしいことを口走った。

「な、──っ！」

手にしていたナイフを落とされ、後ろから手で口を塞がれてしまって声が出せない。

「おとなしくしてりゃ、何もしねぇよ」

全力でもがいてみるが、屈強な男の腕はびくともせず。こうなったらなりふりかまっていられない。ミコは男の指に思いきり噛みついた。

いてぇ！　と叫んだ男が腕の拘束をゆるめた隙に逃げ出すも、足が竦んですぐに転んでしまう。

「おとなしくしろっつっただろ！　傷がついたら商品価値が下がるんだからよ！」

(恐い、誰か……！)

声にならない願いとは裏腹に、男の手が迫ってくる。

元の世界に帰ることもできないばかりか、このまま幻獣たちと一緒に売り飛ばされてしまうかもしれない。

――そんなのってない！

絶望の淵に沈んだミコが、ぎゅっと目を瞑ったそのときだった。

『《雷魔法》雷撃矢（トゥルエノ・フレチャ）』

人のものではない、恐ろしくも低い声が響いた。

瞬間、天を割るようにして生じた轟然たる音が大地をつんざき、心臓と骨を軋ませる。

びりびりと空気を切り裂く雷は、見る間に火花をまとう光矢となって閃き、身動きする暇も与えぬ凄まじい速さでミコと男たちの間を裂くように降り注いできたのだ。

『……痴れ者どもが』

風に吹かれて揺れ動く樹の間から、ゆらりと現れたのは――人に畏怖の念を抱かせずにはおかない、雄々しき黒竜であった。

「りゅ、竜⁉　ま、まさか、守り主……っ⁉」

男たちからは顔色が瞬時に消え失せる。

先ほどまでの威勢が嘘のように、がたがたと震えて尻もちをついた。完全に、黒竜に気圧されてしまっている。

けれどそれはミコも同じだ。少しは見慣れたと思っていたが、幻獣の王者が剝き出しにした圧倒的な迫力のあまりの恐ろしさに、息を吸うこともできない。

『俺の縄張りで愚かな真似をして、ただですむとは思っていないだろうな？』

吐き捨てるなり、黒竜は鞭のようにしならせた長い尾を男たちへと容赦なく打ちつけた。男たちは全員真横に吹っ飛んで地に沈む。まともに喰らった物理攻撃が相当効いているようで、ろくに呻くことすらできずに悶絶している。

『またこの森に踏み入ってみろ――命はないぞ』

男たちには黒竜の恫喝が理解できずとも、その背筋の凍る殺気は十分すぎる凶器だ。戦慄のあまり青ざめた男たちはおぼつかない足取りで、我先にと茂みへ逃げ去っていった。

(た、助かった……？)

へなへなと脱力したミコは、ようやく息を吐き出した。

黒竜はといえば、怪訝そうに眉をひそめて座り込むミコを見下ろしている。

『お前……』

(そうだ、みんな！)

黒竜の低めた声で正気づいたミコは、落ちたナイフを手に拘束されたカーバンクルたちに駆け寄った。

「みんな大丈夫⁉　すぐに縄を切るから、ちょっと待ってね」

ミコは幻獣たちを傷つけないよう、ナイフを慎重に動かしてぶちぶちと縄を切っていく。

最後の縄を切り落とすと、解放された幻獣たちは地面にしゃがむミコの足元に侍る。さっきとは逆の庇われるような形勢になり、ミコは瞬き(まばた)を繰り(く)返した。

一同を代表して、カーバンクルが成り行きを見守る黒竜に言い募る。

『黒竜さま、ミコはさっきの人間どもに捕まっていたオイラたちを助けてくれようとしたんだ』

『…………』

黙ったままの黒竜に、カーバンクルは訴え続けた。

『ミコは人間だけど、あいつらと違って悪い奴じゃないよ』

『……わかっている。……ところでお前たちに怪我はないのか？』

無事だとカーバンクルが返事をすると、黒竜は『……ならいい』と話を畳(たた)んだ。

『……もう行け。利己的で強欲な人間は他にも大勢いる。今後はさらに用心しろ』

『わかった！　ありがとう黒竜さま。ミコも、助けてくれてありがとな！』

丁寧(ていねい)にお礼を告げて、カーバンクルたちは森の奥へと駆けていく。

姿が見えなくなると、黒竜はおもむろにミコの方へ歩み寄ってきた。そのままミコと視線を合わせるように、長い首を屈(かが)める。

――こんな間近で黒竜を見るのは、初めてかもしれない。

深紫(ふかむらさき)の瞳は、かつてないほどまっすぐにミコを捉(とら)えている。

だからなのか不思議と恐くはないが、つぶさに観察されているような気がして、ミコは落ち着かない気持ちになった。

『……なぜ、人間のお前が幻獣を助けた』

黒竜の表情から内面は少しも読み取れない。けれども、その語感はこれまでにないほどに冷たさが潜められているように感じた。

「カ、カーバンクルくんたちが捕まっているのを見て、助けなきゃと思ったので……」

『自分は自衛の術を持たないのにか』

「……なんというか、体が先に動いてしまった感じで。顔見知りの子たちだし、放っておけなくて……」

『我が身を顧みず幻獣を救うとは……本当に変な奴だな、お前は』

黒竜は呆れたように言う。短慮だと咎められるかと思ったミコはつい身構えた。

『……《変化》』

しかし、黒竜の口をついて出たのは短い言霊だ。

時を移さず、黒く巨大な姿が白い煙のようなものに包まれる。

白煙越しに見えるシルエットが、するすると小さくなっていき――

「っっっ⁉」

ミコはぎょっとした。

数秒前まで黒竜の姿だったのに、煙が切れるようにして晴れた場所にたたずむのはどう見ても人間の青年ではないか！

（し、信じられない！）

歳の頃は二十四、五歳くらいだろうか。毛先が首筋に落ちている紫を帯びた黒髪に、こちらをじっと見ている瞳孔が縦長の瞳は深紫色と、色彩は竜のそれと似ていた。

感情が読めない無表情だがしかし、その顔立ちは完璧な造形と言えるほどに端正だ。

口元からわずかに覗く尖った犬歯がこれまた魅力的で、長身にまとう黒を基調とした裾長の軍服めいた衣装が見事にはまっている。

「……黒、竜さま？　その姿は……？」

『これは別形態だ』

竜のそれとは違う、低くてどこか甘い美声だった。

人に近い姿となったことで威圧感は格段に抑えられているけれど、異様なまでのあたりを払うような風格はさすが本性が竜だけある。

『カーバンクルたち小さな幻獣は力が弱く、人間どもに狙われやすい。……同胞を助けてくれたこと、感謝する』

（…………えっ？）

ミコは言葉を失った。

なぜなら、黒竜がお礼を言ったばかりでなく、手を差し伸べてきたからだ。

『……感謝するとき、人間は手を握るんだろう？』

まさか、そのためにわざわざ人形になってくれたのだろうか？

ミコは珍しいものを見る目で、黒竜の手をじっと見つめる。

——指が長い。綺麗だけど、筋張った手は大きい。

竜だと知っているのに、人に近い姿になったせいか変に緊張してしまう。

でも、いつまでも手を出させたままにしておくのは失礼だ。ミコはおずおずと自分の手を黒竜のそれに重ねた。

黒竜は握った手を引いて、ミコを立ち上がらせてくれる。

『改めて礼を言う、ありがとう』

ありがとう⁉　予想だにしないあたたかな言葉にミコは激しく動揺して、声が裏返った。

「い、いえ！　結局、あの密猟者たちを退散させたのは黒竜さまですし……！」

『お前が助けず見過ごしていれば、あのカーバンクルたちは今頃奴らの手に落ちていた』

黒竜から紡がれる声には、安心したかのような穏やかな響きがあった。

（……黒竜さまって……）

たぶん、この太古の森に棲む生き物たちを、とても大切に思っているのだろう。

だから不作法に森を荒らし、生き物たちに害を成す人間が嫌いなのだ。それでも、敵視していたはずのミコにこうして感謝の気持ちを伝えてくれる。

ただ漠然と人間嫌いというわけではないように感じた。

『お前、……いや、名前はミコだったな』

ふいに名前で呼ばれて、ミコの心臓が跳ね上がる。

なんでもないことなのに、なぜか鼓動がうるさい。忙しなく脈を刻む心臓はなかなか落ち着いてくれなかった。

かまっても懐かなかった野良犬が、初めて手から餌を食べてくれたときの喜びに近いものに自分は浸っているのだろうか、とミコは真面目に思案する。

（って、わたしまだお礼を伝えてなかった！）

「あの、こちらこそ危ないところを助けてもらってありがとうございました、黒竜さま」

『……ジルだ』

「え？」

『俺の名前だ。……言っていなかったからな』

ミコへと向けられた黒竜——ジルの深紫の瞳にはいつもの冷徹さはなく、どこか優しげな光をたたえている。

「どうして、急に名前を……」

『……ミコになら教えてもいいと思った』

それだけだ。短く吐き出したジルがほんの一瞬、口端を上げたのをミコは目撃した。

ただ、すぐさまジルは元の無表情に戻ってしまう。

それでもどこか穏やかだった表情は、ミコの瞳にしっかりと焼きついている。

（……少しは心を開いてくれた……のかな？）

ジルの気持ちの動きは掴めないが、もしかしたらお役目の進展に繋がるかもしれない。

それも大事なことだけれど――これまでの行動とやりとりから、ミコに歩み寄ってもいいかもしれないとジルの心に変化を兆すものがあったのだとしたら、嬉しい。

（なんだろう……もっと、ジルさまのことが知りたい）

歓喜がひたひたと満ちる胸にふと抱いたのは、純粋な好奇心。

今までミコはやらなければという義務感から、黒竜と対峙するだけだった。

――でも、ジルさまがこうして壁を取り払い始めてくれたから。

自分もジルのことを知りたいと思った。

それはミコにとっても、ささいなようで大きな気持ちの変化であった。

三章　歩み寄りと無情な事実

ミコが太古の森へ出向くようになって、一カ月余り。

今日はモニカが行きつけの花屋で買い物をするというのでミコも同行した。太古の森に送迎してくれる馬車が来るまで、時間があったのだ。

「ミコちゃん、最近楽しそうね」

店先で花たちを吟味しながら、モニカが楽しそうに訊いてきた。

「え？　そうですか？」

「ええ。最初の頃は浮かない顔をしていることもあったけれど、今は表情が明るいわ」

（表情に出ちゃってたんだ……）

カーバンクルらを密猟者から守った出来事を機に、森の入り口近くで待機するソラがミコを運んでくれるようになった。命じたのは他でもないジルである。

川の清掃をする必要がなくなってしまったので、現在のところミコは言葉を重ねてジルを説得するべく奮闘している最中だ。

（もともとクールな性格みたいだから、明朗さはないけど）

とはいえあの密猟者のことがあってからは、ミコへの対応が顕著に穏やかになった。

このまま交流を続ければ、『そこまで言うなら仕方がない』と、ジルは転居に応じてくれるかもしれない。そう遠くないうちに、元の世界に帰れるかもしれないのだ。

(それにしても……別形態があんなにかっこいいなんて)

顔もスタイルも声も、乙女の理想が詰まっているかのような。——いやいや、相手は竜だから！

自分の感想に即つっこみを入れたミコは、ひとりでに火照ってしまう頰を両手で包む。

「どうしたのミコちゃん？」

「なんでもないですっ」

「そう？」

小首を傾げながら、モニカは選んだ花を購入する。亡くなった旦那さんが遺した店を一人で切り盛りする店主のおばあさんは「いつもありがとうねぇ」と愛想よく笑う。

ちなみに、なるべく普通に暮らしたいミコはタディアスたちに素性はもとより、王宮の使者であることも秘密にしてもらっている。

そのためご近所さんはミコのことを、「ハイアット邸に下宿する親戚の子（幼く見えるが実年齢は十八歳）」と認知しているのだ。

「モニカさま、これはあたしからのおまけだよ」

「まあ、いつもすみません」

おばあさんはモニカが買ったピンクの花たちに気前よく黄色い花を足して包んだ。

「それから、これはミコちゃんに」

「わたしにですか？」

渡(わた)されたのは包装された一輪の白い花だった。ミコはそれほど花に詳(くわ)しくはないけれど、多くの細い花びらがついたそれはたぶんガーベラだ。

「白いガーベラの花言葉は『希望』だからねぇ。ミコちゃんにぴったりだよ」

「ありがとうございます、花屋のおばあちゃん！」

おばあさんの心遣(こころづか)いが嬉(うれ)しくて、ミコはにっこりと笑った。それにつられるように、モニカとおばあさんも表情をほぐす。

「あら、ミコちゃん。そろそろ馬車が来る時間じゃない？」

「そうでした！　じゃあ、行ってきますねモニカさん。花屋のおばあちゃん、お花ありがとうございました！」

気をつけてと手を振(ふ)る二人に見送られて、ミコは馬車へと走った。

太古の森に足を運んだミコだが、その左手には花屋のおばあさんからもらった白いガーベラをずっと握(にぎ)っていた。

『……来たときから、ミコは何を大事そうに持っているんだ？』

ねぐらのシンボル的大樹の根元にもたれかかるジルは、別形態の人形を取っている。握手をして以来、ジルはミコに会うときは人形になってくれているのだ。

「これはガーベラという花です。ここに来る前に花屋のおばあちゃんがくれました」

『植物一本が鼻歌をうたうほどに嬉しいのかミコは……？』

「花自体というより、花屋のおばあちゃんの思いやりが嬉しかったんですよ」

『……そういうものなのか？』

「そういうものです」

ミコと他愛もない会話を交わすジルはずっと無表情だけれど、態度はやわらかい。

その変化に比例するように、ミコもジルに臆することがなくなった。恐ろしいほど美形なので竜のときとはまた違う緊張感はあったけれど、毎日のように顔を合わせているうちに耐性がついてきたらしく、肩に力が入るほどではない。

距離が着実に近づいているようで、ミコはどういうわけだか嬉しくなる。

『くわぁ』

ジルの横で丸まっていたソラが、大きなあくびをして目を閉じた。

さっきミコのおすそ分けをたいらげていたので、お腹がいっぱいで眠くなったのだろう。

（そういえば）

「ジルさま、ソラくんは何歳ですか？」

『六歳くらいだ。ソラは幻獣としてまだ幼体中の幼体だな』

ふとした疑問を訊ねるミコに、ジルは鷹揚に応じてくれる。

「そうだったんですね。ちなみにジルさまは？」

『俺は二百三十八歳だが……』

「⁉　に、二百三十八歳⁉　年齢に対して見た目が若すぎませんか⁉」

『不老長生の幻獣はある程度まで成長すると老いなくなるからな』

若々しいとかいう次元の話を超越している美貌を、ミコは無遠慮に凝視する。

すると。

『黒竜さまだ』『ほんとだ、今日もお変わりなさそうだね』『黒竜さまが元気で嬉しいね』

和やかな声が聞こえてきた方向にいたのは、二匹のふさふさした毛並みのリスだ。横並びになって、樹の幹から上体を乗り出すようにしてこちらをうかがっている。

ミコの視線に気づくと、リスたちは樹を駆け上っていった。

「ジルさまは動物たちにも慕われているんですね」

『？　恐れられているの間違いだろう？』

ジルは不思議そうに首を傾げる。幻獣であるジルには動物たちの言葉が解らないのだ。

今は人形だけれど、性質は竜のままで人間になったわけではないので人語も理解できないとのこと。

（種族間の言語の壁って、わたしが思っているよりも厚いみたい）

「さっきリスたちは、ジルさまが元気で嬉しいと言っていましたよ」

『……近づくとすぐ逃げられるから、慄かれているものとばかり思っていた』

「憧れとか羨望を抱いている反面、畏れ多いから近寄りがたいだけだと思います」

『……そうか』

言うと、ジルは表情こそ変わらないが、どこか気の抜けたような空気が漂う。恐れられていないことに、ほっとしたのかもしれない。

「あ、そうだ。ところでジルさま、そろそろ移住されませんか？」

『――ミコ、いくらなんでも話題の変え方が脈略を無視しすぎだ』

そうこぼすジルの語調は角が取れており、物言いもやわらかい。

これだけでも、ジルがいくらか歩み寄ってくれたのだと実感できる。気をゆるめると頬がにやけてしまいそうになるので、顔に力を入れておかないと。

「『今思い出しました』感でさらっと言えば、案外ノリでいけるかと思いまして」

『なぜいけると思ったのか俺には謎だが……』

「何が当たるかわからないので、いろんなパターンを試してみないと」

『……ミコが必死なのは、役目を果たせなければ何か罰でも受けるからか？』

「それは正直わかりません」

課された使命に失敗したら、責任を取るなりお咎めを受けるなりするのが道理。だがしかし、ミコはそれについて考えたことはない。

失敗は元の世界に帰れないという結末に直結するかもしれないのだから。

「わたしには叶えたい願いがあります。……それに、これでも一応は聖女ですから……他の場所で困っている生き物たちのためにも、がんばらないと……」

後半にかけては作り話のため、ミコは良心の呵責から我知らず語尾が窄む。

（……でもジルさまが太古の森からいなくなると、ここにいる幻獣たちが恐い思いをするかもしれないんだよね……）

知ってしまったからには、王太子にこの場所の警備を厳重にしてもらう必要がある。

早く元の世界には帰りたいけれど、ジルがいなくなったあとの太古の森が平穏であることを見届けるまでは帰れない。

（お試しでも、わたしは聖女として召喚されたんだから……）

『どうした、ミコ？』

ミコがひっそりと決意を固めていると、ジルが顔を覗き込んできた。絡んでくる静かなまなざしの近さに、どきっとしてしまう。

「と、とにかくですね！　わたしは仮にも聖女ですから、ジルさまが転居してもこの森をしっかり保護するように責任をもって伝えますので！　ジルさまには他の生き物たちのためにも、別の場所に身を置いていただきたいです」

『……それは断る』

「そう言わずに！　これをするなり用意するなりしたら、要求を吞むとか」

『特にない』

「そんなあっさりと……。まあでも、絶世の美女の生贄とかを所望されたらそれはそれで無理ですが」

『──人間の生贄なんてお断りだ』

ジルの語気がついと荒くなった。深紫の瞳の奥には剣呑な光も混じっている。

その言い方や態度はまるで、人間が怨敵だといわんばかりだ。

ミコには恐さよりも、戸惑いが先に立つ。

(人間嫌いは、出逢ったときから変わらないけど……)

だが──どっこい、幻獣を助けたミコには今や、丸い態度を取ってくれている。

どうしてジルが人間を目の敵にしているのか明確な理由はわからないが、太古の森にただ薪を取りに入ってくる善良な人間がいるとは思えない。

きっとジルは、この間の密猟者のような人間ばかりを見てきているのだろう。

(そうじゃない、優しい人もたくさんいるのに)

『……悪い、強い言い方をした』

その言葉に、無意識にうつむいていたミコはがばっと顔を上げる。

ミコを見ているジルは無表情ながら、どことなく憂いが見て取れた。うつむくミコが怯えていると勘違いしたようだ。

（こうやって、自然と気遣ってくれる）

クールでも、その心根は静かな優しさで溢れていて。

攻撃的とは正反対で、森と森に棲む生き物たちへの慈しみや配慮の気持ちが強い。

そんなジルに、ミコは知ってほしくてたまらなかった。

（わたしはこっちの世界に来て、いろんな人たちの親切とあたたかさに触れたから）

「――ジルさま。つかぬことを伺いますが、人の住む街に行ったことは？」

『飛行のときに見たことはあるが、行ったことはないな』

「では森の中以外で、人間と会ったことは？」

『それもない』

……心に土足でずかずかと踏み込む真似なんてできない。

でも、相手のことを知るきっかけを作る。その手伝いはしてもかまわないはずだ。

（ちょうどアレもあることだし、――よし、決めた！）

きらりと瞳を光らせたミコは、ジルに向かって前のめりになる。

「ジルさま、人間観察を兼ねて一緒に街へ行きましょう！」

『…………は？』

表情はピクリともしないが、ジルは呆気にとられたような声を出す。

「森で出逢うのは、殺気立った物騒な人たちばかりですよね？」

『だからといって、なぜそうなる……？』

「実は、明後日にわたしの住む街ではお祭りがあるんです」

アルビレイト王国の季節は春。北国に位置するため朝晩はまだ冷えるが、日中は穏やかな陽気で過ごしやすいこの時期、各地では春の訪れを祝う祭りが開催されているのだ。

「お祭りにはたくさんの人が集まりますから、観察にうってつけなんですよ」

『なぜ俺がわざわざ人間の観察に……』

「わたしには、ジルさまがどうしてそこまで人間を目の敵にするのかわかりません。でも、ジルさまはわたしに今やこうして友好的に接してくれています。普通の営みを送る人たちを知れば、人間への偏見が少しはやわらぐと思うので」

ミコはジルをじっと見据えて訴えかける。

言葉に熱が入るのと並行して、胸の前で組んだ両手にも力が入った。

「だからわたしと一緒に、街へ行ってもらえませんか？」

お願いします！　と、ミコはジルにより一層、前のめりになった。

『…………』

「…………やっぱり、だめ、ですかね？」

ジルの沈黙にミコはしょんぼりする。

ジルはミコからそれとなく視線をずらして、小さく咳払いをした。

それから諦めたように囁く。

『…………別に、だめとは言っていない』

「！　じゃあ、一緒にお祭りに行ってもらえますか⁉」

『……仕方がないな……』

「ありがとうございますジルさま！」

ため息交じりの声でジルが了承すると、ミコはぺこりと一礼して、喜びの表情を顔いっぱいに溢れさせた。

「では明後日、太陽が一番高く昇った頃に城門前に来てください。あ、場所はわかりますか？　ここから東に行くと、最初に行きつく大きな街です！」

『……わかる』

「それなら心配ないですね。あと、本来の姿ではなく今の別形態でお願いします！」

さすがに竜形だと、目にした人間はこの世の終焉を迎えたとばかりに惑乱するだろう。

老若男女が泡を食って逃げ惑えば、怪我人だって続出しかねない。

（こっちの姿なら、その心配はないし）

「じゃあジルさま、今日はこれで失礼しますね！」

『待てミコ！　まだ陽が高いぞ、迎えは着いていないだろう⁉』

「歩いていれば途中で会うから大丈夫ですっ！」

呼び止めるジルに弾む声で返答しつつ、ミコは鞄を背負うなり助走もなく走り出した。

身体がすごく軽くて、荷物の重みも全然気にならない。

（嬉しいな！　ジルさまが本当に、わたしの申し出を受けてくれるなんて！）

顔は堪えようとしても勝手ににやけてしまう。

それに、頬があったかく感じるのはどうしてなのか。

（どうしよう、帰ったらプランを練らなくちゃ！）

ミコは逸る気持ちを抑えて、森の出口へと急いで向かったのだった。


――一方。小さな背中が勢いよく遠ざかっていく様子を、ジルは呆然と眺めていた。

『……あんなに急いで、転びでもしたらどうするつもりだ』

元気なのはいいが石に頭をぶつけたくらいで死ぬような脆い、小さな身体がちょこまか動き回っていると、見ているジルの方が、気が気でない。

（……人間相手に、俺がこんなことを思うとは……）

異世界から召喚され、不可侵の領域に踏み込む能力に驚くものがあるとはいえど。

ミコはジルの大恩ある大事な存在を奪った輩と同じ人間だ。

——出逢ったとき、ミコを他の人間と同様に敵視した。

怪我を負ったソラへの反応からして害意はなさそうだとは思ったものの、森から出ていけと勝手なことをのたまうミコに、ジルがかなりの苛立ちと不快感を覚えたのは事実。

だからといって丸腰でぷるぷる震える、無害な子犬みたいな少女を武力で制するのはさすがに気が引けたため、実力行使は諦めたが。

(ビビっているくせに、ミコは引かないからな……)

大きな丸い瞳には、ジルへの恐怖がありありと浮かんでいたのに。

ミコは冷たくあしらわれようとめげなかった。ジルを目にするたびに必ず話しかけてきて、約束はもとより森のためにと振られた無茶を投げずに根気よく実行し続けたのだ。

(あの小柄な身体に見合わない根性には、……正直舌を巻いた)

そんな折、カーバンクルたちを捨て身で助けようとしたことを知って。

——自分でも驚くほど、大きな衝撃を受けた。

幻獣を前にすれば忌避する、あるいは目の色を変えて狩ろうとしこそすれ、助けようと動く人間などジルは見たことがなかったのだ。

——『ミコは人間だけど、あいつらと違って悪い奴じゃないよ』

あのときのカーバンクルからの訴えに、ジルは反論することができなかった。

今までのやりとりから、ジルもミコが他の人間とは違うと思わざるをえなかったからだ。

（容易く手折れそうなほどか弱いくせに）

自らの危険を厭わず、顔見知りだから放っておけなかったと正直に話すミコを、変わっていると思った。

それに、とんだお人好しだとも。

同胞を助けてくれた恩義と、意地が悪い無謀な条件をふっかけた罪悪感が多少なりともあって、ジルはミコに険のある態度を取らなくなったが――

（いや、取れなくなった）

日ごとジルへの恐れが消えていく代わりに、ミコが向けてくるようになったのは節度を保った親しさと、飾り気のないやわらかな笑顔だ。それらにあてられ続けた結果、ミコへの敵意は空気に溶けるように失せていった。

ミコの前で別形態を取っているのもその一環だ。

人に近いこの姿をジル自身はあまり好いていないが、本性と比べて圧倒的に威圧感が少なく、小さなミコを誤って踏んづける心配もない。

（絆されているな……）

自覚がないわけではなかった。先ほども、街へと誘うミコの熱心で懸命な働きかけを突っっぱねることができず、つい了承してしまったくらいだ。

（——ミコの願い、か）

ただの即物的なものとは考えにくい。ミコは森にもそこに棲む生き物たちにも、さも当たり前のように心を配るほど気がいいからだ。——そのせいか、嘘がへたくそすぎる。別の場所へ転居してほしい理由について、ミコは口にするたびに目がジルから外れるし、言葉もつっかえ気味だ。

本人は無自覚のようなので、ジルが嘘だと気づいていることにミコは全然気づいていないだろう。悪意によるものとは思えないので、あえて追及するつもりはないが。

（まったく、馬鹿正直というか素直な奴だ……）

ジルが呆れたように嘆息すると、横で寝ていたソラがくあっ、とあくびをした。

『……あれぇ？　あるじ、ミコはどこにいるの……？』

寝言に近い発声でそうこぼしたソラは、寝ぼけまなこであたりを見回す。

『お前が昼寝をしている間に帰ったぞ』

『ええ!?　ミコ、かえっちゃったんだ……』

残念そうにしゅんとするソラの頭を、ジルは撫でてやる。

（ソラはミコにすっかり懐いたな……）

人間に介抱された驚きに加えて、会話ができる点に好奇心を抱いたのはあるだろう。

だがなんにせよ、ソラは今やミコをまったく警戒せずに自分からじゃれついている。それはミコの心が健やかだと感じているからだ。ジルも接する中で実感している。

『あ、うさちゃんなの！』

ソラの視線を辿ると、茶色い毛並みの野うさぎがいた。

（……可愛い）

自分とは正反対の小さな生き物は、見ているだけで心が和む。もふりたい欲が頭をもたげるも、か弱い彼らを壊したらという一抹の不安から迂闊には手を出せない。

（ミコなら無邪気に突撃していきそうだな……）

「見てくださいジルさま！　ふわふわで可愛いうさぎですよ！」という、澄んだ明るい声が、どこからか聞こえてくる気がしてしまう。

『……恐れられてはいない、か』

先ほどのミコからの言葉は思ってもみない内容だったが、同時にジルは安心した。か弱い生き物たちを慄かせる気はなくても、己の強大さがあらゆる生物にとって脅威の対象だと自覚していたからだ。

教えてくれたミコには感謝するが――

（ミコは性質的に、交渉事に恐ろしく向いていないよな……）

『ねぇあるじ。ボクね、とってもうれしいの』

ソラがおもむろに言った。

『なんだ、急に？』

『ちかごろね、あるじはミコといるとたのしそうだから！』

図星を突かれたように鼓動が一度、ドクッと跳ね上がる。――いや、図星ってなんだ。

あらぬ方向から飛んできたソラの台詞に、ジルは瞠目した。

らしくない異常が生じた状態を悟られまいと、ジルは感情を切り捨てた声を発した。

『……別に、いつもと何も変わらない』

『そんなことないの！　くふふ、あるじがたのしそうだと、ボクもうれしいの！』

ソラはジルの発言をすぱっと斥けて、機嫌がよさそうに尻尾を振る。

『――楽しそう？　俺が？』

否定しなければならないのに、否の言葉が喉の奥でうずくまる。

ジルは言葉なく緑の地面を見つめたまま、右手で口元を覆った。

幻獣の王者を動揺させるという偉業を成し遂げたことに気づかないソラは『どうしたの－？』と、のんきに主を仰ぐのだった。

祭り当日。天上を覆うのは突き抜けるような青空だった。

気温は寒すぎず暑すぎず。少々風が強いものの、散策におあつらえ向きのお日柄だ。

「ミコや、手紙が届いておったぞ」

「ありがとうございます、タディアスさん」

ハイアット夫妻と朝食を取ったあと。テーブルを拭いていたミコはタディアスから手渡された四角い形状の封筒を開いた。

差出人は王都にいるデューイだ。

二つ折りになった手紙にしたためられていたのは、交渉の首尾について訊ねる内容——は、ほんの数行で。あとは、「食事は召し上がっていらっしゃいますか？」や、「きちんと睡眠はとれていますか？」、最後は「必要なものがございましたら、遠慮なくお申し出ください。早急に手配致します。それでは、何卒お体ご自愛ください」と結ばれている。

（……心配性のお父さん……？）

年齢的にはお父さんではなくお兄さんかもしれないけれど。

「あら、またフォスレター卿からお手紙？　マメな方ね」

「そうじゃな」

モニカとタディアスがこう口を揃えるのも無理はない。

デューイは週に一度はこうして、美しい文字を連ねた手紙を送ってくるのだ。慮ってくれるのはありがたいが、忙しいデューイの負担になっているのではと心配になる。

「ミコや、今日はお役目で知り合った方と祭りに行くんじゃろう？」

「はい。タディアスさんから教えてもらった、騎馬像の広場を見て回ろうかと」

そこは一番多くの露店が出店し、催しも行われるらしいのだ。人がたくさん集まるという点ではもってこいの場所だろう。

「ならば、馴染みのパン屋の主人が露店を出すそうじゃから、行ってみるといい。果物とクリームを惜しげもなく使ったフルーツサンドを数量限定販売すると言っておったぞ」

購買意欲をくすぐるワードに、ミコの栗色の瞳が仄かに煌めいた。よく利用している近所のパン屋さんのパンはなんでもおいしいのだ。

（ジルさまにも食べさせてあげたいな！）

メインは人間観察だけれど、祭りにグルメはつきものである。

せっかくの機会だからと、ミコは購入を心に固く誓った。

陽射しがあたたかさを増した午後になり、ミコが待ち合わせ場所の城門の外へ向かうと。

「ジルさま！　すみません、お待たせしましたか？」

『……いや。俺も今着いたところだ』

そこにはすでに、シルエットが毅然とした衣装を完璧に着こなす長身の黒髪紫眼の青年――ジルが待っていた。

（今のやりとりって、なんだかデートみたい）

そう思ってしまった次の瞬間にミコはぼんっと顔を赤らめて、慌てふためいた。

（全然そんなんじゃないから！　何を考えてるのわたしは!?）

『……ミコ、どうかしたのか？』

「いいえなんでもありませんっ！」

内心の混乱がひっくり返った声として表に出てしまう。

心の中で「これはただのお役目の延長」と念じつつ、ミコは自分を落ち着かせるために当たり障りのない話題を振る。

「い、いいお天気でよかったですね」

『ああ。…………まさか本当に、俺が人間の街に来るとはな』

「ジルさま、何かおっしゃいましたか？」

『……別になんでもない』

今日も今日とて、ジルの恐ろしく端正な顔は無表情だ。しかしなんとなく、声に憂鬱感が浮き出ているような。

「そういえば、今日ソラくんは一緒じゃないんですね？」

『好奇心のままに動いて迷子になるのが目に見えていたから置いてきた……』

「じゃあ観察兼案内がてら、ソラくんへのお土産も探しましょう！」

ミコは明るく提案して、ジルと一緒に街へ繰り出す。

「ここブランスターの街は王国でも有数の城塞都市らしくて、人口も多いんですよ」

古色蒼然とした建造物や、黄色を帯びたレンガ造りの豪邸。太い柱や梁が剝き出しになっている伝統的木造家屋が連なる街並みが巧みに、違和感なく調和している。その景観の美しさは、まるで完成された芸術作品のようだ。

大通り沿いには高級な店構えの宝飾店や服飾店、それから飲食店などがひしめき合っていて、とても活気がある。

「あそこに植えられた大きなもみの樹は冬になると豪華に装飾されるそうです。向こうにある時計塔と並んで、この街の名物になっているとか」

『たしかに目立つな……』

ミコはにわか知識を駆使しながら、ジルに目につく建物などについて解説する。

「それから、ブランスターの街は魔植物の特産地になっているそうですよ。ここから少し離れた場所でも採取できるらしくて」

『……純度の高い魔力が満ちた太古の森に近い土地柄だからだろう』

この魔植物とは、解毒などの絶大な効果と即効性があるという魔法薬の材料のこと。

特別な能力を用いて生成される魔法薬は下位ランクのものであれば、ありふれたハーブでも生成できるそうだ。

しかし、通常のハーブでは効能を高めるのにも限界があるため、上位ランクの魔法薬には魔力濃度が高い場所でのみ自生する、独自の進化を遂げた魔植物が必要になるらしい。

「太古の森には魔植物がたくさんありそうですね」

『ああ。魔力が濃密な奥地に行くほど、魔植物や特殊な鉱物も多くなる』

「で、侵入した人間をジルさまが追い払うという構図に結びつくわけですね……」

『植物や鉱物だけでは飽き足らず、幻獣にも手を出す欲の権化ばかりだからな……』

「……わたしもキュートな赤ちゃん幻獣がいても、連れて帰らないように気をつけます」

『その場合は相談してくれたら、一晩外泊が可能か親を交えて協議してやる』

「協議の中身に緊張感がありませんね？」

刻一刻と内容から重みがなくなっていく会話にミコは笑ってしまった。

ジルと一緒にいるのはどうにも居心地がよくて、ついつい本来の目的を忘れて楽しんでしまう。

（ジルさまがラスボスにふさわしい悪逆非道ならまだしも、……中身は真逆だから）

　だから仕方がない。ミコは誰へともなく胸の中で言い訳しながら、ジルと並んで精巧な造花を飾った目抜き通りを歩いていく。

　すると、すれ違う女性たちがことごとく振り返り、ジルを見て頬を赤らめていることにミコは気づいた。「すっごい美形」「理想」といった囁き声も聞こえてくる。

（……ジルさまって、やっぱり目立つんだ）

　一見すると無表情で近寄りがたい雰囲気のためか、女性陣はジルを遠巻きに見ているだけだが視線は熱烈そのものだ。おまけに男性からも羨望の視線を送られている。

（まあ、無理もないよね）

　本性を知っているぶんいくらかフィルターがかかっているだろうミコでさえ、この姿のジルは空前の美丈夫だと認めるところなので、気持ちはすごくわかった。

　街の路の脇には、あちこちに大小様々な広場が点在している。

　水遊びのできる噴水のある広場に、踊り場が配された大階段のある広場。それらは市民の憩いの場、子どもたちの遊び場、芸術家の卵たちの交流の場と、いろんな用途がある。

　だけど——

（これは……広場というより市場？）

　ミコたちが足を運んだのは、中央に勇壮な騎馬像が据えられた広場だ。

肥沃な大地で育った食材や織物、宝飾品といった商品を売る露店が所狭しと並んでいる。買ったものをすぐ食べられるよう、多くのテーブル席が青空の下に設置されていることもあってか、憩いの場には程遠い賑わいを見せていた。

『……どこからこれだけの人間が湧いて出てきているんだ』

ジルはげんなりした調子で感想をもらす。

「すごいですね。今日はたくさんの露店が出るとは聞いていたんですけど、わたしもここまでの人だかりとは……」

『小ぶりなミコはあっという間に人波に流され――』

「ひゃあ⁉」

ジルの話の途中、通行人にぶつかられた拍子にミコは人波に飛び込んでしまった。

(押し潰されるううう っ！)

圧死する前に逃れようと、ミコは行き交う人々を必死にかき分ける。

だが、小さな身体は抵抗虚しくどんどん流された。誰かにぶつかりぶつかられ、ミコの体力を容赦なく奪っていく。

どうにか路の端に辿り着き――ほぼ放り出された――あたりを見渡す。

ずいぶん流されたのか、ジルの姿は影も形もなかった。

(こ、この歳になってまさかの迷子⁉)

ミコはショックで突っ伏したくなった。

せめて身長が平均値あれば踏ん張れたのにと己の低身長を恨んだところで、迷子の事実は変わらない。

（早く、ジルさまを見つけないと！）

迷子のときは、やみくもに捜すとよけい迷子になるという負のループにはまる。下手に動かないのが得策だが、ジルはミコ以上にここの土地勘がない。待っていて、再会できる確率は非常に低そうだ。

「捜そう！」

気合いを入れるため、あえて声に出す。

流されてきた方向を遡れば出逢う可能性は上がるだろう。ジルはミコとは違って長身なので目につきやすいはずだ。

（ひとまず、捜しに行く前に……）

すうっと、ミコは深く息を吸い込む。

「ジルさま――――っ！　いらっしゃいますか――――っ⁉」

ミコはあらん限りの大声でジルを呼んだ。

所在不明のジルに、まずは専売特許である声で訴えかけてみよう！　と一縷の望みに懸けた試みだったがこの雑踏だ。当然ながら返事は来ない。

ミコはおとなしく、通行人が比較的少ない路の端を歩き出そうとした。——途端に、誰かに肩を掴まれる。

（…………えっ）

慄然として振り向いたミコは目を白黒させた。

『こんなところにいたのか』

「な、……んで……」

細い路地を背に立っていたのは、なんとジルだったのだ。

唐突な再会に、ミコは口をぽかんと開けた間抜け面のままジルを見上げる。

そんなミコを見下ろしたジルは、

『なぜって、呼んだだろう。……どうしてだろうな、ミコの声は俺の耳によく届く』

そう言った。なんの気なしの言い方なのに、眇めた瞳に艶っぽさを感じてしまう。

——嬉しいことのはずなのに。

なんだか、自分が特別だと言われているみたいで。胸が急に熱を帯びてたまらなく恥ずかしくなる。

一拍遅れて、ミコの体中の産毛が逆立った。心臓は肥大したのかと錯覚しそうになるほど鼓動が大きくなる。

（っ、な、何これ……!?）

『聞こえているか、ミコ？』

「あ、えっと、はいっ!!」

『声がうわずりまくりだが……顔が赤いし気分でも悪いのか？」

「いえっ、まったく！」

　ミコは首をちぎれんばかりに振った。

　深く息を吸って、深く息を吐く。一連の動作を繰り返すことしばし。

　謎に急上昇したミコの心拍はなんとか平静を取り戻した。ジルは傍らで口を挟まず、ミコの珍妙な様子を黙って見守ってくれていた。

「大変失礼しました……」

『別にかまわないが、大丈夫なのか？』

「は、はい。あの、ジルさま」

　ミコはジルを仰いだ。

　今しがたの恥じらいが拭いきれていない名残で、直視するのは緊張してしまうけれど。

　感謝の念は、きちんと視線を合わせて伝えたい。

「見つけてくれて、ありがとうございます」

『これくらいなんでもない。……怪我はないな？』

「ありません。……ジルさまが来てくれて、すごくほっとしました」

怪我の有無を心配してくれるジルの気遣いが嬉しくて、ぽろりと本音がこぼれる。

目尻が下がり、口角がゆるむ。相当なふぬけ顔になっていることに気づいたミコが慌てて表情を引き締めれば、なぜかジルは無言でミコを凝視していた。

「ジルさま、どうかされましたか？」

『……………なんでもない』

ジルは顔をふいっと横に逸らす。横顔も文句なく綺麗だが、その心情は推し量れない。

（あんまりにもふぬけた顔をしていたから、逆に驚いたとか……？）

自分で考えておきながら精神的ダメージを喰らう結果になった。間抜けすぎて、ミコはひっそり落ち込む。

――――と。

『……炎の匂いがする』

雲の流れる空に視線をすべらせたジルが囁いた、刹那。

「火事だ――――――っ！」

前方から、緊迫感のある大声が響いてきた。

突如もたらされた緊急の報せに、通りにいた者たちは一斉に騒然となる。

急いで後ろに逃げていく者もいれば、バケツを手に前へと走っていく者もいた。行動の顕著な違いは、おそらく観光客と地元住民の差だろう。

「火事はどこだ⁉」

「通りの外れにある、ばあさんが営む花屋だそうだ！」

（！）

ここから火事の現場はまだ見えない。

ミコはバケツを持った人たちのあとを追いかけた。『おいミコ⁉』とジルの呼び止める声が背中に当たった気がするけれど、自分の足音と耳を叩く風の音でよくわからない。

——見えたっ、あれだ！

追いすがる態だったミコの目に、渦巻いている煙が映った。

いつもは店先に可憐な花々が並ぶ建物には火の手が回り、焦げた嫌な匂いが周囲に漂っている。風があるせいか、火の粉がまき散らされる儚い花のように方々へ飛んでいた。

（！　花屋のおばあちゃん！）

現場から少し離れた場所で、おばあさんは女性に腰を支えられた状態で膝をついていた。目立った怪我はなさそうで安心したが、燃え盛る炎を身動きもせずに見つめるその沈痛な面持ちに胸が痛む。

「どんどん水を運べっ！　急げっ！」

「手え空いてる奴は送水の列に加われ！　このままだと他に燃え移るぞ！」

むせ返るほどの熱気や炎と果敢に対峙する最前線の男性たちからは、荒らげた檄が飛んでいた。

水場から火元までは複数の人たちがいくつもの列を作り、水の入ったバケツを次々と渡す方式の人海戦術が取られている。

(でも、列の間隔が長い)

ポンプ役の人手は足りていないようだ。迷わずミコは列へと直行——

『ミコ！　お前は何をしているんだ！』

しようとしたら、ジルに回り込まれて阻まれる。投げつけられた、珍しく怒気をはらんだ声に一瞬、心が冷えた。

それでも、ミコは退かなかった。

「どいてくださいジルさま！　消火を手伝わないと！」

『みすみす危険な真似をする必要がどこにある!?　ミコには関係ないだろう！』

「関係なくなんかありません！」

ミコは噛みつくように言い返す。

「花屋のおばあちゃんは優しくて、わたしに白いガーベラをくれたんです。ここはそのおばあちゃんが大切にしているお店で——このままだと、もしかしたら飛び火してしまうかもしれない」

旦那さんが遺してくれたお店を失うだけでも、胸が張り裂けそうに苦しいはずだ。

それなのに、もし自分の見知った誰かが火事によって怪我を負い、延焼の被害を受けてしまったりしたらおばあさんはもっと傷つき責任を感じてしまうだろう。

ミコは聖人のように博愛的な善意は持っていない。

ただ、知っている人に心を痛めてほしくないし、助けられることがあるなら少しでも力になりたいと思うのだ。

「火事をなかったことにするのは無理ですけど、せめて被害が広がらないように今自分にできることを全力でやります！」

だからどいてくださいと、ミコはジルに熱く語りかける。

覆せないほどの強い意志の宿る大きな瞳を、食い入るように見つめていたジルは、

『――本当に、しょうがない奴だ』

観念したように呟く。そのあとすぐさまジルは長い裾をひるがえし、燃え上がる炎と正対する態を取った。

ジルは首を斜め後ろに捻り、言う。

『……ミコ。周りにいる連中を巻き込みたくないなら、後退するように伝えろ』

「ジルさま……？」

『あの炎を消せばいいんだろう？　――ミコは』

一度切って、ジルは言葉を継ぐ。

『お人好しで、放っておけば無茶をしでかしかねないからな』

——一瞬、音が。

消えた。

耳が分厚い膜で覆われたかのように周囲の音が失せて、ジルの言葉だけが耳の奥で反響する。叱るようなその口調がちっとも冷たくないせいで、やけに胸が疼いた。

ジルは何事もないかのような足取りで、肩で風を切る。

槍のように伸びた少しも動じぬ広い背中に、ミコは場違いにも見惚れてしまった。

(あ、いけない!)

「皆さん、すぐに離れてくださいっ! 今から消火しますから!」

ミコが張り上げた声に、消火作業に当たる住民たちは怪訝な面持ちを隠さず振り返る。

消火のために離れる馬鹿がどこにいる——住民たちが口々に用意していた罵声を呑み込む有様が、ミコにははっきりと見て取れた。

この場にそぐわぬ湖の底のような静けさで泰然とたたずむジルの姿には、正視すると身体が震えるような凄みと途方もない風格があるのだ。

住民たちが視界の端に消えたのを見届けたジルは、ゆったりと右手を突き出す。

『《水魔法》水の涙(アーグワ・ラグリマ)』

唱えた途端、ジルの右手から湧くように発生したおびただしい水粒が、火元めがけて

虚空を奔る。募る水音は空が裂けたかと思うほどで、その勢いは飛沫を上げる滝だ。

火元だけに注ぎ込まれる集中豪雨のごとき水の連撃がやむ頃、時間にすれば一分足らずで、猛る炎は白い蒸気すら立ち上らぬほどまで消し尽くされた。

残るのは、黒く焼け焦げた建物の残骸だけだ。

『……終わったぞ』

振り向きざま、ジルはこともなげに言ってのけた。

「っ、ジルさま、すごすぎます‼」

高揚感を露わにした状態で賛辞を送るミコを、ジルはじっと眺めてくる。

「ジルさま？」

『なんでも自分でやろうとせずに、少しは頼れ。……ミコが危ないと俺が苦しくなる』

「―――――っ‼」

ミコは爆発しそうな叫びを寸でのところで堪えた。

なぜだろう、背を指でなぞられたように全身がぞわっと粟立つ。頭から足先まで痺れたように力が入らなくて、身じろぎすらままならなかった。

（何これ、また……！）

体中の血が煮えているように熱い。小さな胸では早鐘がけたたましくずっと鳴っていて、うるさくて仕方がなかった。

まるで心臓を直に握られたような、経験したことのない感覚にミコの心は乱れる。

「黒髪の兄ちゃん！　あんたすげえな‼」

己の異変に気を取られていたミコの意識は、静まり返っていた住民――最前線で消火に当たっていた、肌が陽に焼けた中年男性の第一声で元に戻る。

「一時はどうなることかと思ったが、あんたのおかげで助かった！　ありがとよ！」

「お兄さんがいなければどうなっていたか……！　ありがとね！」

消火に携わった人たちが続々と、ジルに感謝の言葉を贈る。

ジルの近寄りがたい雰囲気に圧倒されてか、肩をばしばし叩いて健闘をたたえるといった動作に及ぶ者はいないけれど。

向かいにいる彼らの台詞には心からの厚い気持ちが込められていた。

「黒髪の方、本当にありがとうございました」

近づいてきた花屋のおばあさんは涙ぐみ、感極まったような表情を浮かべていた。

そして祈るように左右の指を交差させて、ジルへと深く頭を垂れる。

「なんとお礼を言えばいいか……！」

『………』

「ジルさま、皆さんはジルさまが炎を消してくれたことに感謝しているんです」

訝しげなジルの隣に並んだミコが通訳する。

ミコの返答が意外だったのか、ジルは一度目を瞬かせて、住民たちを一見した。

『……人間が、感謝を……？』

「ジルさまがいなければ、どうなっていたかわからない。ありがとうって、口々におっしゃっています。——皆さんの顔を見れば、わたしが嘘をついているかどうかわかりますよね？」

ジルにはこの場にいる人たちの言葉は解らない。
だけれど、その視線や表情が物語るのは深い感謝と羨望。

これまでにジルが目にしてきたであろう心にやましいことがある物騒な面々と違い、不穏な雰囲気などないことは一目瞭然だ。

「人間も幻獣も同じなんですよ」

『同じ……？』

「嬉しいときは喜んで、辛いときには悲しむ。——私利私欲ばかりの悪い人間はたしかにいますけど、そうじゃない良い人間だってたくさんいますから！」

ミコは胸を反らせ、自信をもって言いきった。

『………』

返す言葉に詰まっているのか、ジルは無言で黒髪をくしゃりといじる。その人間くさい仕草がジルをいつもよりあどけなく見せた。

（……ジルさま、なんだか可愛い）

なんて、おこがましいことを思ってしまったのは内緒にしておこう。

火事騒動はあったものの、ジルのおかげで被害は広まらず、祭りは続けられている。

花屋をあとにしたミコはジルにひと息ついてもらうため、下宿先に招待した。

『……これがミコの家か』

「わたしのものではなく、お借りしている家ですが」

ミコが住まわせてもらっているのは、タディアスたちが住む店舗兼自宅の母屋と同じ敷地内に建てられた、ログハウス風のこぢんまりした別棟だ。

一室を間借りするものと思い込んできたミコは、小さなキッチンや個室が備わっている一軒家を丸ごと貸し与えられて狼狽えたが、夫妻の厚意を無下にはできなかった。

そのため贅沢にも、一人暮らしをさせてもらっているのだ。

「誰もいないので、くつろいでくださいね」

食堂兼居間の暖炉の前に置かれた椅子に、ジルは長い脚を組んで座る。

肘掛けに左手で頬杖をついているその姿がどうしようもなく絵になっていた。

（美形って本当に得な生き物だな……）

竜だけど、と胸中で言い足して、ミコは部屋の左隣にある小さなキッチンに移動した。

紅茶にオレンジの輪切りを浮かべた二人分のカップと菓子皿をトレイにのせて、元の部屋に戻る。

「お待たせしました。ジルさま、お茶をどうぞ」

テーブルを挟んだ向かいの椅子にミコも腰かけた。

『……なんだこの赤い液体は？』

「これはある植物を乾燥させて発酵させた、紅茶という飲み物です」

『なぜそれを俺に……？』

心底不思議そうなジルを見て、ミコははたと気づく。

これまでミコはジルをこんなふうにもてなしたことはなかったのだ。太古の森でおすそ分けを食べるのも決まってソラだった。

「家にお客さまを迎えたら、歓迎の気持ちを込めて飲み物や食べ物を振る舞うんです。おもてなしっていうんですよ」

『人間の風習は変わっているな……』

言いつつ、ジルはカップに慎重に口をつける。

「どうでしょう？」

『……うまい』

ジルからの評価にミコはほっとする。料理上手なモニカから、料理だけでなくお茶の淹れ方を教わっておいてよかった。

「ジルさま、あんなにすごい能力を使って疲れていませんか？」

『……あの程度で疲れるほど俺はヤワじゃない』

「あんな神業も、ジルさまにとってはあの程度なんですね……」

さすがチートの代名詞、とミコが遠い目をしていたところで、玄関の方から「ミコちゃん、いるかしら？」という声が聞こえてきた。

「ミコちゃん、よかった怪我はなさそうね。……あら？」

「ミコや、無事で何よりじゃ。……ほほう」

揃って入ってきたのはモニカとタディアスだ。

二人はミコとジルを交互に見て目をぱちぱちと転瞬させたのち、頬に手を添えてにんまりと微笑んだり、豊かな髭をしごきながらいくばくか微笑んだりといった反応を見せる。

『……ミコ、こいつらは誰だ』

二人の姿を認めた瞬間、ジルのまとう空気が鋭利さを帯びたのをミコは感じ取った。

「お二人はこの世界でのわたしのおばあちゃんとおじいちゃんみたいな方です」

『おばあちゃんとおじいちゃん……？』

紹介するミコの声はモニカたちに届かないほど小さかったが、ジルはかなり耳がいいのできちんと聞き取れていた。ひそひそ話のとき助かる。

「えーと、おばあちゃんはお母さんのお母さんですね。それで、おじいちゃんはお父さんのお父さんです」

『……そうか、家族のようなものか』

説明すると、ジルから鋭利さは霧散し、心なしか表情がふっとやわらいだような。

(気のせい……？)

「いやはや、よもやミコが逢瀬の真っただ中だったとは」

「ミコちゃんもお年頃だもの、素敵な恋人がいても何も不思議じゃないわ」

「⁉ そ、そんなんじゃないです！」

とんでもない誤解に焦りと恥じらいが押し寄せる。赤らんだ顔でミコは手をぶんぶん振って弁明した。

「青春じゃのう」「若いっていいわねぇ」と、二人は思い思いの感想とともに相好を崩す。

だめだ、話を聞いていない。

「そうだ！ お二人ともわたしに何か用があったのでは⁉」

ミコはいたたまれず、半ば無理やり別の話題に切り替えた。

「いえね、花屋のおばあちゃんのお家が火事になったってご近所さんから聞いて」

「その場にミコらしき女の子がいたという話があったんじゃよ」

「たしかに火事の現場にはいましたが、このとおりわたしは無傷ですから。心配してくれてありがとうございます」

　モニカとタディアスはよかったと言って、口の端をゆるめた。

「ところでミコちゃん」

　緑の瞳がジルへと移動する。

「そちらの美丈夫はどなた？　立ち居から、相当腕の立つ方だとお見受けするけれど」

　モニカの見立てはやけに鋭い。

　顔には淑女然とした綺麗な笑みを浮かべているけれど、その目つきはまるで一流の武術家が相手の力量を見定めんとするかのように迫力があった。

（貴婦人の鑑みたいなモニカさんが、そんなはずないけど）

「えっと、こちらはジルさまです。お役目の関連で知り合った他の大陸からいらした方で、わたしは通訳みたいなものです。鍛えておいでなので腕っぷしはかなりのものかと……」

「まあ、そうだったの。ようこそブランスターの街へおいでくださいました」

「歓迎致しますじゃ」

「――とおっしゃっています」

　そのまま伝えると、ジルは形のいい顎を横に向ける。二人からの反応に困惑しているようだった。

（まあ、それも仕方ないか）

敵認定していた相手から、なんら打算のない好意を受けたのだ。

迎え撃つくらいに構えていたはずのジルの胸中の戸惑いは推して知るべしである。

「ありがとう、とのことです。すみません、彼は照れ屋なもので」

ミコはちょっとだけ気を利かせてジルをフォローする。

「うふふ、ミコちゃんの能力は素晴らしいわね」

うっとり顔のモニカが、ミコの両手をがっちりと摑む。何気に力が強い。

「動物たちばかりでなく、他の大陸の言語まで解るだなんて」

「えへへ……」

ミコはあいまいに笑ってごまかす。ジルのことを訊かれたときのためにと前もって考えていた設定だったけれど、怪しまれなかったようだ。

（……改めて考えるとこの国の言葉、当たり前のように読み書きできるよね）

異世界転移者の特別装備的なやつなのかもしれない。

考えたところで何もわからないので、ミコはそういうことにしておいた。

「モニカや、ミコの無事も確認できたことじゃし、儂らは祭り見物に戻ろうかの」

「ええ、あなた。私たちは退散しましょう」

二人はミコたちにウィンクして部屋から退出した。何か誤解されたままな気がするけれど、ひとまず深く考えるのはやめておこう。

「ジルさま、どうでしたか？」

『何がだ……？』

「ジルさまの目には、二人はどんなふうに映ったのかなと」

ミコが質問を投げてから、たっぷり時間を置いたのち。

ジルは少しかすれた声で呻くように言った。

『…………敵意や邪気は感じなかった。あくまで先ほどの話だけどな』

素直ではない言い方だ。

でも、人間が十把一絡げでないと感じてくれたことは前進だろう。善良な気持ちを受け取ったからといって、ただちに認識を改めろというのも乱暴な話だ。

雪がじんわり解けていくように認めてくれたらいいなとミコは思った。

「何事もコツコツと積み重ねていくことが大事ですからね。――あっ！」

『急にどうした……？』

「フルーツサンド、買ってなかった！」

広場に着くなり迷子になり、行き先では火事に遭遇と、ばたついてすっかり忘れていた。

タディアスはたしか、数量限定と言っていたはず。

（ジルさまに食べてもらいたいけど、ひと息ついているのを急かすのは悪いし）

「ジルさま、わたしどうしても買いたいものがあるのでちょっと出かけてきます。ジルさまはここで休んでいてください」

『……俺も行く』

「休んでいなくていいんですか？」

『一人だとミコはまた流されかねないからな……』

立ち上がりざまのジルの見解に「そんなことないです」と返したいが、さっきやらかしただけに言えない。

家を出たミコは、せめてもの決意を唸るように表明する。

「……今度は体中に力を込めて、なおかつ気張って歩きます」

『歩くだけで精魂を使い果たす気か。……ほら』

言って、ジルは自らの腕をミコへと無造作に差し出した。

「ジルさま？」

『俺を摑んでおけばはぐれることもないだろう』

——摑む？　ジルさまの腕をわたしが？

うっかり想像してしまうなり、ミコの頭はぼんっと沸騰した。

腕を組んで歩くなんて、恋人同士の仲睦まじい光景以外の何ものでもない。意図がただの迷子防止対策だとしてもだ。

（い、嫌とかじゃないけど……）

ひたすら恥ずかしいので無理そうだった。

だからといって、ミコがはぐれないようにと気遣ってくれるジルの親切を無下に扱いたくない。

その一心でミコはジルが着ている上着の端っこの方をかすかに震える指先でつまんだ。

「……えっと。では、お言葉に甘えてこちらを摑ませてもらいますね」

『……放すなよ』

身の置き所のないような恥ずかしさに耐えるミコとは違い、ジルの態度はいつもと同じく落ち着き払っている。

動揺しているのが自分だけだと実感すると、なんだか胸のあたりがきゅっとなった。

(どうしちゃったんだろう、わたし……)

ジルに対して、感情の変化がめまぐるしい。

永い刻を生きる竜のジルがミコの世話を焼くのは、きっと自分に懐くか弱い生き物にかまうのと同じようなものなのに。

(心臓の音が、速い)

触れているジルの上着の冷たさが気持ちいいほどに、指先も頰と同様の熱を帯びている。

注意を払うようなまなざしをときどき向けてくるジルにそのことを気取られないように、ミコは少し顔を伏せて歩かなければならなかった。

（すー、はあー。……よし、落ち着いてきた）

歩きながら深呼吸をやり続けているうちに、ミコの心の時化は徐々に治まりつつある。

お手軽療法だが気持ちを鎮めるための効果はてきめんで、ミコは密かにほっとした。

戻ってきた広場では威勢のいい客引きの声が飛び交い、詰めかけた見物人で大混雑している。

（えーと、パン屋さんの露店は……）

ミコは人がごった返す会場のそこかしこに視線を運ぶ。

しばらくそうしていれば、『数量限定販売！　美味！　美麗！　ぽっちゃりパン屋おやじのこだわりフルーツサンド☆』という自虐交じりのキャッチーなのぼりが目についた。

（あれだっ！）

パン屋の露店はちょうど人の列がはけたところだった。ミコはジルに「見つけました！」と報告して、突撃する。

「おー、ミコちゃん！　来てくれたんだな」

挨拶をしたのは近所にあるパン屋のご主人。ふくよかな体型の陽気なおじさんだ。

「おじさん、こんにちは」

「ミコちゃん、これまたとんでもない男前を連れてるなぁ。初めて見る顔だが、お兄さんは騎士さまか何かかい？』

『……この人間はミコの知っている奴か？』

「あれ？　聞こえてない？」

意思疎通が図れていない両者の間にミコが入る。

「すみません、おじさん。彼は別の大陸から来た方で、この国の言葉が解らないんです。なのでわたしが通訳を」

「そうだったのか！　いやー、お兄さん、遠いところからようこそ！」

パン屋の主人は白い歯を見せて笑いながら、ジルに歓迎の意を示す。

「ジルさま。こちらはわたしの知り合いのパン屋のご主人です」

パン屋の主人には聞こえないように、ミコはひそめた声でジルに紹介する。

『パン屋？』

「パンという食べ物があって、それを売るお店のことです。ご主人がジルさまに質問していたので、この国の言葉が解らない別大陸の方だと説明しました。ようこそって、歓迎してくれていますよ」

『……別に歓迎される謂われはない』

一言落とすジルの語気にきつさはそれほどなかった。

（表情は全然変わらないけど……）

ジルの声や雰囲気から冷えた刺々しさを感じないことが嬉しい。

ぶっきらぼうな言いぶりだったが、それは意地によるところが大きいのだろうと予想できるので、なんだか微笑ましかった。

「にしても別大陸の外国語が解るとは、ミコちゃんはたいしたもんだ！」

「そこだけが取り柄なので……」

本当のことを教えたらきっと後ろにひっくり返ってしまうに違いないので、ミコは笑って受け流す。けれど、褒められると嬉しいものだ。自分を認められたみたいな気恥ずかしさもあるけれど。

それはそうと――

「おじさん、フルーツサンドってまだありますか？」

「運がいい、残りあと三つだった」

危ない、完売寸前だった。

「その残り三つを売っていただくことはできますか？」

「ミコちゃんがこれからも他のパン屋に浮気しないならＯＫだ」

茶目っ気たっぷりな笑い顔を作るパン屋の主人に、ミコは噴き出した。

「あはは、ありがとうございます！　またおいしいパンを買いに行きますね」

「毎度あり！　準備するから、前のテーブルにかけて待っててもらえるかい？」

「わかりました」

ミコは先に代金を支払って、ジルと空いているテーブル席に移動した。

思い思いに盛り上がるテーブルにはスイーツから食事までいろんな料理が並んでいた。そこかしこから胃にくるいい匂いが漂う。

『……ミコ、さっき渡していた丸いものはなんだ？』

「丸いもの？　あ、もしかしてお金のことですか？」

ミコは財布として使っている布袋から取り出した銅貨と銀貨をジルに渡した。手のひらにのせたそれをジルはしげしげと観察する。

『……色が違うんだな』

「色ごとに価値が違うんですよ。人間は何かを売ったり、どこかに勤めたりして得たお金でいろんなものを売り買いするので、生活には欠かせないものですね」

『ないとどうなるんだ？』

「まずひもじい思いをして、最悪の場合は死に至ります」

『金というものが人間には必要であることだけはわかった……』

ジルは気持ち丁寧な指使いで硬貨をミコに返却してくる。

「ちなみに、さっき買ったフルーツサンドを売るパン屋さんのパンはどれもおいしくて。ジルさまにもぜひ食べてもらいたかったんです」

『フルーツサンド？』

「果物とクリームを使った甘い食べ物です。ソラくんのぶんもあるので、持って帰ってあげてくださいね」

『……そうか。ソラは果物や蜂蜜が好物だからきっと喜ぶ』

「ジルさまは食べ物の好き嫌いってありますか？」

幻獣の主食は日光だ。食物を摂取できることは知っているが、よくよく考えてみるとジルの嗜好をミコは知らない。

『……特にはないが、肉は食べないな』

「？　どうしてですか？」

『食べなくても生きていけるのに、わざわざ命を奪って食す必要はないだろう』

——理由に慈悲しかない。

ジルは生物としての領域をぶっちぎったハイスペック最強種だ。

それなのに、性格には人間嫌いという一点は置いておくとして、鼻持ちならない感じや横柄さといった難が見当たらない。

種族の差とか関係なく、ジルの懐の深さは尊敬できるし、弱い立場の者に心を砕く優しさには好感が持てる。

（知れば知るほど、いい方なんだよね）

動物や幻獣たちが、ジルの守る森で安心して暮らせる気持ちがよくわかる。

「ジルさまが転居に応じてくれたとしても、他の生き物たちから反発されそう……」

『……そのことだが、ミコ』

心なしか改まって、ジルは言った。

『時折なら、太古の森とは違う別の場所に赴いてもいい』

「⁉　ど、どうしたんですか突然⁉」

転居を一部認めるという急展開にミコは目を丸くした。

『俺にとって太古の森は特別な場所で完全に退くのは無理だが……何かしらの成果がないと、ミコが困るんだろう？』

――わたしのために、妥協してくれた？

そう思うのは自惚れすぎだろうか。

「い、いいんですか……？」

『森を荒らさないという条件を守るならかまわない。……通訳の礼もあるが、無茶をふっかけた詫びだ』

（もしかして、川の掃除のこと気にしていたの？）

ジルがミコのことを少しでも慮り、思いを馳せて一案を示すまでしてくれたのなら。

それだけ仲良くなれて嬉しいと、ミコの心は浮き立つ。

「……ありがとうございます。また、王太子殿下に伝えさせてもらいますね」

『ああ』

元の世界に帰るための条件は、守り主を太古の森から退かせることだ。

完全にとはいかないが転居の承諾を得たからには、王太子がたとえ渋ったとしても「じゃあこの話はなかったことにしてもいいんですね？」と交渉の余地もある。

『ミコの願いが叶うといいな』

無表情ながら、思いやりのある言葉をかけてくれるジル。

帰ってしまえば、二度とジルに会うことはできなくなるだろう。

帰還への希望に胸の中は光で満たされたように明るくなったけれど――ジルと離れてしまうことを考えたら、一抹の寂しさを覚える。

（……？　どうして？）

小首を傾げてしまったけれど、理由はすぐに思い当たる。

ジルは本来の竜形も別形態の人形も威圧感とか冷たい印象が強いが、中身は深い慈愛の持ち主だとミコは身に染みてもうわかっている。

今やこうして、気兼ねなく話せるようになるまでに親しくなれたジルは、ミコにとってもうたんなる顔見知りではない。

――幸せな時間を過ごしてほしい。

そう心から願い、かけ値なしで信頼できるほどの存在になっているのだ。

（……帰るときは、ちゃんとジルさまに挨拶しないと）

別れの挨拶は笑顔でしたいと思う。けれど、今からすでに号泣か泣き笑いがいいところな気がしてならない。

ジルさまも少しは寂しがってくれるかなと、ちょっとだけ感傷的になるミコが想像を膨らませていれば――

「「久々の再会にかんぱーい‼」」

センチメンタルを根こそぎ吹き飛ばす、溌溂とした若い男性のかけ声とグラスが合わさる軽快な音が二人分、後ろから上がった。

「ぷっはー！　やっぱ王都と違って、解放感しかねえ地元で呑む酒はうめえ！」

「王宮勤めの騎士さまはご苦労なことで」

ミコに聞き耳を立てるつもりはないが、席が真後ろかつ声が大きいので、会話は丸聞こえだ。

「それで、何か面白い土産話は？」

「おっ、あるぜ。聞いて驚け、王宮に聖女が現れたって話だ」

「けほっ⁉」

こんなところで、見知らぬ若者たちの俎上にのるなどとは想像していなかったミコは、いきなりせき込んだ。

『ミコ？』

「な、なんでもな、けほ。ちょっと、空気が変なところに入って……」

『……大丈夫ならいい』

大事ないことを確認したジルは腕を組んで口を噤んだ。落ち着くまで喋らなくていいという、それとない配慮の意図が読み取れる。

ミコは呼吸を整えることに集中して、空咳を何度か繰り返す。

その間も、あいている聴覚は後ろの席のやりとりを拾い続けていた。

「オレは見たことねえが、ちびっこみたいなナリらしい。あと、規格外の能力持ちとか」

「規格外？」

「詳細はわかんねえけどありえねえものらしいぜ。王宮じゃ、異世界から喚ばれたんじゃねえかってもっぱらの噂だ。その力を見込まれて王太子殿下からお役目を賜って出向したとかなんとか。案外、この街に来てたりしてなー」

「どうせならちびっこより、豊満美女に来てほしい」

「そりゃそうだ！」

げらげら笑う若者二人に、ミコが「ストレスで頭のてっぺんに十円ハゲでもできちゃえ！」と呪いの念を送った、次の瞬間だった。

「でも異世界から召喚ねえ。異世界が本当にあるんなら、ちょっと喚ばれてみたいよな」

「ばーか。喚ばれたが最後、戻れなくなるらしいぞ」

――――――えっ？

　青年が落とした軽い一言で、ミコは冷や水を浴びせられた心地（ここち）に陥（おちい）る。

　咳（せき）と一緒に、心音も止まったと一瞬錯覚した。

（何を、言って……）

「戻れなくなる？　なんでだ？」

「考えてもみろよ。なんかすげー力を持った奴を喚ぶんだぜ？　そうほいほい帰すか？」

「あー、言われてみればたしかに。取り込もうとするな普通は」

　青年らからの次の言葉が、たまらなく恐ろしくなった。

「そ。魔法師のツレ曰（いわ）く、帰すことなんてハナから想定されてねえんだってよ」

「その聖女がまじで異世界から喚ばれたんなら、ちょい気の毒だな」

「まあなー。俺なら知らねえ世界で死ぬまで暮らすなんて、ぜってー御免（ごめん）だね」

（――違う）

　頭の中でミコは打消しを反覆（はんぷく）して、耳を塞（ふさ）いでしまいたい衝動（しょうどう）を抑え込む。

　こんなのはただの酔（よ）っぱらいの戯言（たわごと）だ。そうに決まっている。

　そうでなければ、いけないのだ。

「ミコちゃん、おまちどお！　フルーツサンド三つね」

「——……あ。ありがとうございました、おじさん」

パン屋の主人から包みを受け取ったミコは、椅子から飛び上がるように立った。

ミコは胸の内にある不穏な影を追いやるように、努めて明るい笑顔をジルに向ける。

「ジルさま、広場を見て回りましょう！」

『……もう大丈夫なのか？』

「はい！　あ、あっちで何か催しが始まったみたいですよ！」

『慌てるな、転ぶぞ』

言って聞かせるような物言いのジルと一緒に、ミコは祭り見物に身を投じる。

けれど、拭いきれない不安を表に出さないようにすることに必死で、何を喋ったのかほとんど覚えていなかった。


——黄昏時になって、ジルが帰宅の途についたあと。

母屋に灯りがつくなり、ミコは足早に移動した。

二人の住む母屋は書店と壁一枚を隔てて繋がっているが、店舗と住居の玄関は別になっている。

玄関ホールの右手一番奥にあるのが、彫刻が施された暖炉のある居間。華美さはないが重厚感のある家具で統一されていて、落ち着いた設えだ。

「お邪魔します」

「あら、ミコちゃん」

「ミコや、祭りは楽しめたかのう？」

「……タディアスさんに教えてもらいたいことがあるんです」

神妙な面持ちのミコに気づいたタディアスとモニカは真顔になる。

何か真面目な話だと察した二人に、暖炉の前にある椅子に座るよう促された。

――ただの酔っぱらいの話。

それを鵜呑みにするほど、ミコは考えなしではない。

けれど、昼間の青年らの会話が頭にこびりついて忘れられなかった。

事情に通じていそうな人に話を聞いて、確かめないことにはこのもやもやは晴れないだろう。

正面から向き合うのが恐い気もする。……でも、不安の気配がついて回るのも嫌だ。

（フォスレターさんに手紙を送っても、きっと返事に数日はかかる）

それにデューイはアンセルム直属の現役臣下だ。

ミコはデューイを親切で面倒見のいい人だと思っている。しかし、取引のときの態度を鑑みると、真実を隠さずに教えてくれるとは限らない。

博識なタディアスはその方面に深い造詣があるだろうし、取引の詳細については知らないぶん、きっとありのままの知識を話してくれるはずだ。

膝の上で一度手を握り、ミコは意を決した。

「元の世界に帰る方法というものは、あるんでしょうか？」

「……ミコ、もしやおぬし……」

「教えて、ください」

みなまで言わせぬミコの懇願交じりの言葉に、タディアスはぐっと声を呑んだ。

そして、まるで聖職者が教えを説くようにしめやかに語る。

「儂の知る限り……方法はないのう」

「……ない、んですか……？」

「異界の存在を喚ぶ儀式には、神が遺したと云う古の書が必要とされておる。しかし本物など与太。……たとえ召喚が成功したとしても古文書は燃えて塵になる仕様と、大昔のおとぎ話として残る伝承には記されておるのじゃ」

（嘘……！）

ミコは必死に否定の言葉を羅列する。何かの間違いだと、頭と腹の底で喚いた。

けれど――ふと記憶が呼び起こされてしまった。

気にも留めなかった、召喚されたときに鼻をかすめたあの、何かが焦げるような匂い。

　思考は否定し続けているのに、光が閉ざされた真っ暗闇(やみ)に一人置いてけぼりにされてしまったような恐怖が顔を覗かせている。

「……ミコは、このことを知らんかったのか？」

　心配そうな顔つきで問いかけてくるタディアスに、ミコはわずかに顎を引いた。

「……元の世界に帰れるって、ずっと思っていて……」

　嗚咽(おえつ)を堪えて吐き出した声は、自分でもわかるくらいに潤(うる)んでいた。

　瞳が涙でかすんでしまい、ミコは咄嗟に顔をうつむかせる。

「ミコちゃん……」

　今の一言で事情をおよそ察したのだろう。横に来て気遣わしげに肩をさすってくれるモニカにミコはそのままもたれかかる。

　走ってもいないのに、息が上がって呼吸が苦しい。

　それでも、空気の足りなくなった肺よりも、胸(むね)の奥の方がずっと苦しかった。

　——もう帰れない。

　自分の中にあったはずの上向くような気持ちは跡形(あとかた)もなく霧(きり)と消え、一転して底の見えない暗穴に突き落とされたようだった。

四章　あなたのためにできること

祭りのあくる日の昼下がり。

（……もうこんな時間か……）

昨晩、ひとしきり泣いたのちにミコは部屋に戻ったものの、まったく寝つけないままに朝を迎えた。

一睡もしていないがちっとも眠くないいし、朝から何も食べていないがお腹もすかない。

テーブルの上には用意してくれた食事が、手つかずの状態でそのまま残っている。

（作ってくれたモニカさんに申し訳ない……）

せめて飲み物だけでもと、ミコは蜂蜜入りのミルクに口をつける。

朝方、モニカとタディアスが持ってきてくれたときはあたためられていたが、すっかり冷えてしまっていた。それでもかまわず、ミコはゆっくりとミルクを飲み干す。

（……昨日のことがあったから、様子を見に来てくれたんだろうな）

二人はごく自然に食事などの世話を焼きながら、ミコにとりとめのないことを話しかけてくれたのだ。

そっとしておこうという姿勢ながらも関わろうとするその接し方からは、上っ面ではない心配が透けて見えるようだった。

（気にかけてくれるのは、すごくありがたい）

事実は残酷でこそあったけれど、知っていることを嘘偽りなく教えてくれたことには心から感謝している。

もっとあとで、それこそお役目を遂行したときにアンセルムから「そんなもの最初からない」と宣告されでもしたら、今と比にならないほどに絶望していたかもしれない。

だからタディアスとモニカに責任を感じてほしくないし、心配もかけたくはなかった。

――けど、今は心がくしゃくしゃで。

二人がいなくなってからというもの、ミコは食堂兼居間の椅子で縮こまっている。

いつもなら太古の森に行っている頃だ。頭では日常を送らねばと思っているのに出かける気になれなくて、暗いため息をつきながら無為な時間を過ごしてしまっていた。

「……大丈夫、余裕」

弱々しい声で唱えてみても、勇気は雀の涙ほども湧いてこない。どうしようもなく落ち込んでいるのを自覚しているせいなのか、逆に心が虚しくなってしまう。

ミコの乾いていた瞳にまたうっすらと涙が滲んだ。

時を同じくして。

別形態を取ったジルは、昨日に引き続いてブランスターの街へと出向いていた。

理由はといえば——ミコが姿を現さないから。

（……昨日のミコは途中から様子が変だった）

ミコは明るく振る舞ってこそいたが、会話中もふと上の空になったり、大きな瞳はときどきぼんやりと虚空を泳いだりしていた。

本人は隠しているつもりらしかったが、心ここにあらずといった心情は丸わかりで。

それらが引っかかって、ジルは自ら人間の巣窟に再び赴いてしまったのだ。

（ミコのことになると調子が狂う……）

素直な言葉や表情にどうにも平常心を乱されて——いるのに、嫌な気はしない。

以前はミコの存在を面倒にすら感じていたのに、今や、知っている誰かのためとなると妙に果敢になるミコが心配で放っておけず——無茶をする前になぜ俺に言わない、と頼られたいとすら思う。

挙句の果てに『ミコの力になってやりたい』という理由から、妥協する形で転居の話を受け入れようとしている始末。

（…………なぜ俺はこうもミコに甘くなった……？）

手のひらを返すような己の変化に頭が痛くなって、ジルは額を押さえた。

「きゃあ！　めちゃくちゃかっこいい！」

「一人かな？　思いきって声かけてみる？」

「えー、相手にされるかなあ？」

――やけに見られているな。

昨日もそうだったが人間の、特に女からの視線を至るところから感じる。

ミコはこの姿で街に来るようにと言っていたくらいだ。正体がバレているわけではないだろう。

（敵意は感じないが……）

人間と見れば一も二もなく邪険にしていた自分がこのように穏健な考えに及ぶなど、ミコと出逢うほんのひと月前までは考えられなかったことだ。

とはいえ、その視線は異様にぎらついているもので。

（……上から下までを舐めるように見られるのは、気持ちのいいものではないな）

不愉快さから、ジルは無自覚に凄みを増す。当然ながら声をかけようとしていた乙女らの気合いは秒で砕け、無言で引き下がった。

そんなことなど知る由もないジルは、昨日招かれたミコの家へと突き進む。

（このあたりを曲がった裏手だったな……）

「おっ、昨日のお兄さん！」

前方にある濃い茶色の木と白壁の建物の前にいたのは、見覚えのある人間――丸っこい男は昨日、ミコにフルーツサンドという甘い食べ物を提供していたパン屋だ。

そして、その隣にいるのも……

「パン屋の旦那、あの超絶男前な黒髪の兄ちゃんと知り合いなのか？」

（……こいつはたしか、火事の現場にいたな）

肌が陽に焼けた逞しい男は消火したあと、ジルにいの一番に声をかけてきたはずだ。

「そういう棟梁こそ」

「花屋のばあさん家の火事を魔法で消してくれたのが、あの黒髪の兄ちゃんだよ」

「そりゃ知らなかった！」

「黒髪の兄ちゃんはこの辺に住んでんのかい？」

「棟梁、お兄さんは外国人で言葉が解らないんだ。ミコちゃんに通訳してもらわねえと」

彼らが何を話しているかが、ジルには見当もつかない。

（……ミコの能力が言語の隔たりに対していかに優れているか、痛感させられるな）

「旦那よ、ミコちゃんって誰だ？」

「この裏手に住むハイアットご夫妻の親戚の子で、このお兄さんの通訳だ。――仲睦まじい感じだったし、恋仲まであと一歩二歩だとオレは踏むね」

「か――！　いっちゃん甘ずっぺえときじゃねえか！」

――なんだ？

先ほどの人間の女たちと同じく、二人はじっくりとジルを見てくる。

不思議と不快感は胸にせり上がってこないものの、視線が生ぬるくて居心地が悪い。

直観に従ったジルがこの場を立ち去ろうとすると。

「ちょっとストップお兄さん！　棟梁、引き留め役は任せた！」

「よしきた！」

陽に焼けた男が両手を掲げて、ジルの前に立ち塞がる。身振りから察するに、ジルをこの場に留めたいようだ。

丸っこい男はといえば腹を揺らして建物に入っていった。

それからさほど経たずに、茶色い物体を抱えて戻ってくる。

「ここにいるってことは、お兄さんこれからミコちゃんとこに行くんだろ？　あの子はうちのベーグルとマフィン好きだから持っていきなよ！　おっちゃんからのサービスだ！」

なぜか甘い香りが立ち上る、形も色も異なる食物が入った茶色い物体を押しつけられた。

……これは、やる、と言っているのか？

ジルが試しに押しつけられたそれを手に取ってみると、二人は笑った。

——獲物を前に歪めたものではなく、おおらかで嬉しそうに。

（きちんと意識して見ると、わかるものだな……）

ミコに言われてここへ来たが、ミコが違うだけであとはどうせ同じだろうと、ジルはひどく冷めた考えを持っていた。

それなのに、この街の人間からもたらされた言葉は予期せぬあたたかいもので。

（態度も表情も、太古の森で見てきた輩との差をまざまざと思い知らされた）

無論、ジルにもこれまでの経験による認識がある。人間の見方を手放しで変えることへの抵抗も少なからずあるのが本音だ。

だがミコ抜きで二人と対峙していても、敵意や邪気を感じないのもまた事実。

良い人間もいるというミコの考えが間違ってはいないのだろうと、ジルは心密かに感じ入る。

（……人間には……）

様々な動作があると、ジルはミコを見ていて気づいた。

過去にどこかで聞きかじった、感謝を伝えるときは手を握るというもの以外にもたくさんあって、しかもやり方は一つではないようだ。

（ミコはたしか……）

何かをもらい受ける際には、軽く頭を下げてありがとうと口にしていた。

言葉は通じず、あのやわらかい表情も簡単には真似できないが、ジルはミコに倣って軽く頭を下げる。

それを目の当たりにした二人は瞬刻の間、目を見開いていたが、

「お兄さん、またミコちゃんと一緒にパンを買いに来てくれ！」

「ミコちゃんとよろしくやれよ、黒髪の兄ちゃん。家が欲しいときはいつでも言ってくれ、腕によりをかけて建ててやるからよ！」

すぐにまた生き生きと笑って、ジルに手を振る。

なんと言っているかは解らないながらも、二人の砕けた表情から己の反応は間違っていないようだとジルは判断して、再びミコの家へと歩を進めた。


（……一回、空気を入れ換えようかな）

ため息ばかりこぼした空間には、目に見えない重苦しいものが澱んでいる気がする。

ミコは億劫そうに立って、ちょっとしたウッドデッキが設けられた東側の窓を開けた。

今日初めて感じる外の新鮮な空気の爽やかさに、ミコは思わず深呼吸をする。

耳を吹き過ぎていく、わずかな風の音の心地よさに浸っていると――

『……何をしているんだ？』

「っ⁉」

目の前の光景――青年姿のジルが（なぜか紙袋を抱えて）窓の外に現れたことにびっくりしすぎて、ミコは飛び上がりそうになった。幻覚⁉

確認のため瞼を強めにこすってみて、その姿が消えないことから現実だと受け入れる。

「ど、どうされたんですかジルさま？」

『……俺が来てはいけないか？』

「いえ、何もいけなくはありませんけど……」

いけなくはないが、おかしい。

だって、人間ひしめくここはジルにとって、好んで近寄りたい場所ではないはずだ。

実際に歩いてみたら、思いのほか人間の街は楽しかった！　なんて、浮かれた雰囲気などはなかったはずである。

（どうしたんだろう。何か忘れ物でもあったのかな？）

と、ミコが推察しているうちにジルは窓から室内に入り、持っていた紙袋をテーブルにのせた。中にはくるみのベーグルと、プレーンマフィンがいくつも入っている。

（あれ？　これってわたしの好きな……）

「ジルさま、このパンたちは？」

『……ここに来る途中で、昨日会った丸っこいパン屋の男と火事の現場にいた陽に焼けた男から渡された』

「パン屋のおじさんたちが？　なんでまた……？」

『言葉が理解できないから、俺にもよくわからない』

説明しながら、ジルは暖炉の前の椅子に腰を下ろす。ミコも真向かいに座った。

『……ただ、荒々しさのない顔つきからして、何かいい意味合いだったんだろう』

そう口にするジルの空気に、冷えたものはない。

（……そのときの様子、見てみたかったな）

現場にいなかったのでなんとも言えないけれど。

おそらくパン屋の主人たちは、ジルに何かしらのお節介を焼いたのだ。

そしてジルはジルで彼らを排すべき敵とみなさず、好意的な態度をおろそかにすることなく受け取った。

「ジルさまが人間のことをわかってくれて、よかったです！」

ミコはしぼんでいた気持ちを隠して、明るい笑みを浮かべる。

これほど落ち込んでいなければ、ジルの認識の変化をもっと喜べたかもしれないと思うと少し残念な気持ちだ。

『――目が腫れているな』

「え？」

『今日は太古の森に来なかっただろう。──誰かに泣かされたのか？』

ふいに、ジルのまっすぐな視線が刺さった。

触れられたわけでもないのに、まるで捕らえられているような心地になる。

「ぜ、全然違います！ ……実は昨日、小説を読んでいたら涙と手が止まらなくて……」

ミコは顔が暗く見えないように、大げさに笑って嘯く。

『昨日、様子がおかしかったことが原因じゃないのか？ ……もしかして俺が何かしたのか？』

「いいえ、本当に何もありませんから！ 心配をおかけしてしまってすみません」

ごまかし笑いを取り繕ったまま、しっかりしろ自分とミコは己を律した。

なんら悪くないジルにいらぬ心配をさせてしまったことは痛恨の極みだが、これは絶対に隠しておかなければならない。

落ち込んでいる身勝手な理由を、ジルには知られたくないから。

『……まったく』

肩をすくめるなり腰を上げたジルはその足で、ミコの真横に立った。

それから強引にもミコを椅子ごと自分の真正面に向ける。

絨毯に膝をつくジルが下から覗き込んでくるものだから、普段との立ち位置の違いに奇妙な焦りを覚えた。

「ジル、さま……？」

『……似合わなすぎるんだよ』

真摯な光をたたえた深紫の瞳が、こちらをじっと臨んでくる。ミコは息を呑んだ。

あまりに強くてまっすぐなその視線と向き合うのは、後ろめたさを抱えた身ではしんどくて顔を背けたいのに、ジルの瞳に捕らわれてしまって微動だにできない。

『ミコには嘘が似合わない』

内なる深淵を見透かすかのようなまなざしと、訴えかける台詞が止めだった。

そんなものを受けたら、もう、とぼけることなんてできなくて——

「…………わ、たし」

躊躇いがちに、ミコは重い口を開いた。

「王太子に、お試しで、この世界に喚ばれて。……太古の森で、魔石の採掘をしたいから、守り主を、この能力を使って説得して、転居させることができれば、元の世界に帰してやるって、言われて。……家族に、もう、会えなくなるのは絶対に、嫌で。それで使いとして、ジルさまのところに、行ったんです」

訥々と語るミコは込み上げてくる涙を堪えて、震える唇を噛みしめる。

喉を締め上げられたみたいに、息がうまくできなくなった。

「だけ、ど、昨日広場で、王都にいる騎士が元の世界に、帰る方法はないって話しているのを、聞いてしまって……別の人にも確かめたけど、やっぱり元の世界に、帰る方法は、ないって……わたし、帰れるって当たり前に、信じてて……」

喋るごとに呼吸が苦しくなる。

心音がどくどくと、嫌な音を立てていた。

「ジル、さまに、この期に及んで、こんなことを聞くのは、図々しいってわかっているんですが……何か、知っていることがあるなら、教えてください……」

黙して耳を傾けていたジルは一度瞑目してから告げる。

『……召喚の儀式が存在することは知っていた。――だが俺は帰る方法については、見たことも聞いたこともない』

むやみに安易な期待を抱かせない誠実な返事であり、この上ない決定打だった。

（二百年以上生きているジルさまも知らないのなら……）

――元の世界には、もう帰れない。

タディアスからの話を聞いても、理性は逃げ道を残すようにどこかでまだ拒絶していた。それが今度こそ本当に可能性を断たれて、かつてない失意がミコを襲う。

瞳からは大粒の涙が堰を切ったように流れ出した。

昨夜もたくさん泣いたのに、拭っても拭っても、涙はこんこんと湧き出てくる。

（涙が、止まらない……）

瞳の燃えるような熱が、全身を侵食していくかのようだ。

二度と家族や友人に会えない寂しさと辛さが噴き上げるこの胸の痛みは、のほほんと生きてきた身には覚えのない鋭さで、どうしたらいいのかわからない。

(馬鹿だな、わたし……)

ミコは泣きながら胸中で自嘲する。

アンセルムの言葉をこれっぽっちも疑わなかった。言われたことをそのまま信じた自分はなんと単純で浅はかだったんだろう。

帰りたいというエゴにまみれた理由で、優しいジルを転居させようとしてしまった。

摩訶不思議に溢れたこの世界のこと。どこかに創造の神というものが実存していてもおかしくはない。

(きっと、罰があたったんだ……)

「……別の場所での密猟の話も、作り話なんです。……身勝手な真似をしてごめんなさい、ジルさま」

『——始めは、ミコを面倒な奴だと思っていた』

ジルの台詞に、ミコは反射的にびくっと震えた。

しかしどんな恨み言をぶつけられても、それはすべて自分のせいなのだから受け入れるべきだ。ミコは覚悟を決めて膝の上にある手を握りしめる。

けれど――

『だがミコは振られた無茶をへこたれることなくがんばった――俺を森から転居させたい理由が嘘だと、なんとなく気づいていたしな』

（……え……）

『目的がなんであれ、ミコは森を大事に扱い、森に棲む生き物たちを守ったんだ。そんなミコを身勝手だとは思わない』

かけられたジルの声の色は、心にまとわりつく暗闇を溶かしてしまいそうなほどにやわらかいものだった。

無意識に深くうつむいていたミコはそろそろと視線を上向かせる。

見上げてくるジルは、ミコに目を注いでいた。

『俺はここが生まれた場所で、ミコが帰りたいと思う気持ちに共感してやれない。それでも家族に会いたいという気持ちなら少しはわかってやれる。――もしまた会うための方法があるのなら、縋りたいと思うのが当然だ』

――どうして、ジルさまは。

こんなにも、苦しい心を軽くしてくれるような優しい言葉をくれるのだろう。

なんのおもねりも衒いもないから、水のようにすんなりと、胸の内側に染み込んでいく。

『自分を責めなくていいから、泣くな。……ミコに泣かれると落ち着かない』

やにわに視線を外したジルは、立ち上がりざまその大きな手を伸ばしてきて——

(……頭、を?)

撫でられている。

まるで初めて子犬を撫でる小さな子どもみたいにぎこちなく、慎重な手つきで。

「ジ、ルさま、何をして……?」

『ソラはぐずっているとき、こうすると泣き止む。……痛く、ないか?』

「……え、はい。ちっとも……」

『……ならいい』

ジルは肩の力が抜けたように呟いて、『これは?』といちいちうかがいながら、ミコを撫でる手の力加減を探るようにして、徐々に変えていく。

予期せぬ事態に呆けるミコの瞳からは、涙がすっかり引っ込んでいた。

(どうして、ジルさまはこんなことを……?)

ソラへもこうしているようなので、もしかしたらたいした意味はなく、単純に泣き止ますための手段を取っただけかもしれない。

ただ、ジルはミコへの加減を間違えないように並々ならぬ注意を払っている。

そのことだけは、置いた手の優しさから容易に察せられた。

(人間嫌いのジルさまが、人間にこんな真似をしたことがあるとは思えない)

だが不慣れな手つきからはこちらを傷つけるつもりがないと伝わるので、恐怖感はない。それどころか、大きな手に包まれている感じには安堵さえ覚えた。

でもそれ以上にジルの思いやりがとても嬉しくて、ミコは自然と笑った。

「励ましてくれて、ありがとうございます。……ジルさまは本当に優しいですね」

『……そんなことを言う人間はミコぐらいだ』

端正な美貌は表情の変化が顕著ではないため、感情の機微を把握できない。けれど、ジルは種族や境遇が違うからと諦めるのではなく、わかることから考えてミコに寄り添おうとしてくれる。

そのあたたかみのある気持ちは手のひらからひしひしと伝わってきて。

ジルの静かな優しさにくるまれていると、胸がいっぱいになってまた涙が出そうになる。

（……ごめんなさい。その優しさに、少しだけ甘えさせてください）

ミコは心の中で謝り、ぎこちない大きな手に頭をそっと寄せた。

――お母さん、お兄ちゃん。天国にいるお父さん、コタロウ。

残念ながら、元の世界に帰ることはできなくなりました。

悲しいし、寂しい。あんまり孝行できなかったなとか、大事に育ててくれた感謝をきちんと言葉にして伝えられなかったとか、心残りもいっぱいある。

だけど現実から目を背けてずっと途方に暮れていたら、しっかりと前を見て人生を歩めって、みんなはきっとわたしを叱るよね。

泣いても、笑っても、流れる刻は残酷なほど平等で。

だったら笑って過ごす方がいいに決まっているから、わたしは――

この世界で、できることを全力でがんばって生きていきます。


（……って、胸の中で決意を語れるようになったのに……！）

昨日のジルのお宅訪問を機に、ミコは思考を前向きに巡らせるまでに精神が回復した。元気を取り戻してくれたそのジルから太古の森へ来るように言われたため、ミコは昼前には太古の森へとやってきていた。

――来たのだが、彼女は森の入り口近くの草むらで屈み込んだまま動かないでいる。

『ミコ、だいじょうぶ？』

ミコの足元でおとなしく待機しているソラが首を横に倒す。

「だ、大丈夫だよソラくん」

（ここに来てなんでこうなるんだろう……）

ミコは恨みがましい視線で頭上を仰ぐ。

森の上に広がるのどかな青空では、鳥が輪を描くように飛んでいた。

しかし、ミコの心象風景はまったくの真逆で、発達した台風が直撃中といった具合だ。

「ソラくん、ごめんね。もうちょっとだけ待ってくれる？」

『うん！　ボクまつの！』

尻尾を振るソラを撫でさすっていると、心の中で荒れ狂う台風の勢力がにわかに弱まる。

それでもまだまだ予断を許さない状態に変わりはないが。

（わたしの平常心、どこに行ったの……？）

一言で言えば今のミコは、ジルに会うのが猛烈に照れくさいのだ。

――立ち直れたのは、ジルが励ましてくれたおかげだけれど。

昨日、ジルが帰って時間が経つごとに平静さを取り戻すのと並行して、ミコはやたらとジルの言葉を思い出すようになった。

――『お人好しで、放っておけば無茶をしでかしかねないからな』

――『……どうしてだろうな、ミコの声は俺の耳によく届く』

――『……ミコが危ないと俺が苦しくなる』

――『自分を責めなくていいから、泣くな。……ミコに泣かれると落ち着かない』

（もう反芻やめてぇ！）

ミコは内心で絶叫した。

微塵も気取っていない男前な台詞が脳内に流れるばかりか、無駄に鮮明な凛々しい姿までついてくる。

おかげでミコは頻繁に身悶えて、顔を熱くする事態に陥ってしまっているのだ。

（馬車の中で、だいぶ心の準備をしたはずなのに……）

全然だめだった。いざ太古の森に足を踏み入れたら、恥ずかしさがめらめらと再燃してしまって動悸と体温の上昇が著しく、ここから一歩も動けない。

そうこうしている間にも、ミコには出逢いから現在までのジルとの思い出が引かない波のように打ち寄せ続けている。

（色々と思い返してみると、ジルさまは二百三十八歳だけあって、ここぞというときの余裕と貫禄がすごい。……わたしを撫でる手つきは、ぎこちなかったけど）

その慣れていない感が、いっそ狡い気がしないでもない。

（……すごく、あったかかった）

自分たちの体温差についてはわからないけれど、ミコがそう感じたのはたぶん、励まそうというジルの気持ちがのっていたからだ。

恥ずかしさはあるものの、できるものなら、また……

「撫でてほしい……」

口をついて出た自分の願望があまりにも正直で恥ずかしい。

自分で言っておきながら頰にますます血が集まって、もっと熱くなった。

心音が耳元で聞いていると勘違いしそうになるほど大きくて、変な感じがする。

何か――体の中でずっと眠っていたものを揺り起こされるようで、ミコはどぎまぎしてしまう。

「……これって……」

と、ミコが蚊の鳴くような声をこぼしたときだ。

『――こんなところにいたのか』

ふいに視界が陰り、低く甘い美声が上から降ってきたものだから、ミコは驚いて勢いよく飛び跳ねた。

目の前にはジルそのひとが立っている。

今の今まで考え続けていたため、ミコはこれまでにないほど狼狽した。

「じ、じじじじ、ジルさまっ⁉」

『……何もとって食いやしないから、そう怯えるな』

「いえ、あの、怯えているわけではなくて……」

動転しただけです。だっていきなり現れるから！

「な、なんでジルさまがここに？」

『ソラが迎えに行ってから、時間が経ったからな。……何かあったのかと思った』

(……どうしよう)

嬉しい。ジルが自分のことを気にかけてくれていることが、すごく。

胸がどうにもきゅんとして、頬がだらしなくゆるんでしまうのを止められない。

「ご足労をおかけしてすみません、ジルさま。なんでもありませんので」

『……ここから直接向かった方が近いな』

ぼそりと言うなり、ジルはこちらへやおら右腕を伸ばしてきた。

逞しいそれは流れるようにミコの背中に回され、左腕は膝裏に差し入れられる。

そのままなんと、ジルはミコをひょいと抱え上げてしまったのだ！

『……軽いな。ちゃんと食べているのか？』

「○×□△⁉」

口から心臓が飛び出しそうになり、言葉も行方不明になった。

人生初となるお姫さま抱っこを、そこはかとない色気をはらんだ美丈夫(正体は竜)にされてしまったミコの全身は真っ赤に染まる。恥ずかしすぎて、息ができない！

石像ばりに硬直して赤面するミコをジルは上から覗き込む。

『心配しなくても、ミコへの力加減ならもう覚えた。……壊したりしないから安心しろ』

（ちか、ちか、近いいいっ！　その筋の通った鼻がわたしの鼻に当たりそうっ！）

麗しすぎる顔面が、こう至近距離にあってはたまったものではない。

異性とのスキンシップにはてんで耐性のないミコの心の臓は悲鳴を上げた。

「ジ、ジルさま、あの、腕が痛くなりますから、おろ、下ろしてくだひゃいっ」

羞恥で狼狽えすぎて、噛んだ。

『心遣いはありがたいが、却下だ』

「却下⁉」

『このままの方が早いからな。――行くぞ、ソラ』

『はーいなの！』

「えっ？　あの、この体勢でどこ――」

中途半端なところで、ミコの言葉は途切れる。

なぜなら――信じられないことにジルはミコを横抱きにしたまま、背の高い大樹の先端まで跳び上がったのだ。ソラも遅れずついてきている。

（なんて身体能力……！）

ジルは高所の樹から樹へと、羽でも生えているかのような軽やかさで跳躍していく。

下を見たら足が竦む高さである上、速度は矢のように速い。

恥じらいよりも恐怖の勝ったミコは、ジルの逞しい肩に両腕を回して力いっぱいしがみついた。

『……コ。ミコ』

耳の傍で呼びかけられ、ミコはふっと瞼を開ける。

太古の森の奥を目指していると、途中で急峻な崖になっている場所があった。平坦だと思っていたため驚いた矢先に、ジルが悠然と降下して——どうやら、落下の恐怖で軽く意識が飛んでいたらしい。

『着いたぞ』

言って、ジルはミコを地面に下ろした。

恥ずかしい姫抱っこから解放されたミコは四つん這い状態ですーはーと、ここぞとばかりに酸素を肺へ送り込む。空気って偉大だ。

『ミコ、どうしたの？』

呼吸の大切さを実感しているミコの横から、ひょこっと顔を覗かせてくるのはソラだ。

『どこかくるしいの？』

「大丈夫だよ、ソラくん」

顎をゆっくり撫でてやると、ソラは気持ちよさそうに双眸を細めた。もう可愛いっ。

足元にソラを侍らせたまま起き上がったミコは視線を周回させた。

目の前には澄んだせせらぎを奏でる小川が流れていて、そよ風が穏やかな水面を撫でる。

小川のその奥には、緑が茂る樹々に隠されるようにしてひっそりたたずむ、森厳なる洞窟があった。陽光が射し込む洞窟の左右の脇には見たことのない、うっすら発光する金色の薔薇のような花々が妍を競うようにして咲き乱れている。

(緑をはぐくむ洞窟に、光る金色の薔薇……!)

「う、わあ……！　綺麗……！」

心が洗われるような絶景にうっとりするミコの横で、ジルは目を細める。

『ここは太古の森の中でも深部に位置する、濃密な魔力に溢れた場所だ』

「すごいですね……空気が静謐というか……」

厳かで、神聖な雰囲気がある。神が出現してもなんら不思議ではないくらいだ。

自然に囲まれていると心身の疲れが吹き飛ぶけれど、幻想的で印象的なこの場所は滝や山とはレベルが違う。心と身体から、悪いものがすべて抜けていくかのようだ。

「こんな、夢みたいに綺麗な景色を見るのは初めてで、感動しました……っ！」

『……気に入ったのか』

「はい！　一生の思い出になりそうです！」

『見たいときは連れてきてやるからいつでも言え。……太古の森には他にも美しい場所があるから、いずれそこにも案内する』

「……ジルさまがですか？」

『他に誰がいるんだ……？』

　それはつまり、ジルもつき合ってくれるということだ。

　ミコには帰還のためという建前がなくなってしまった。

　それでもこれまでと変わらずジルと交流したいが、あちらはどうなのだろうと悶々としていただけに、ジルも自分を同じように考えてくれていたのにほっとして、嬉しくなる。

「じゃあこれから、太古の森のことをたくさん教えてくださいね！」

　ミコは満面の笑みを浮かべた。

『……ああ』

「ありがとうございます！　ジルさまのおかげで、これからのことを清々しい気持ちで考えられそうです」

『これからのこと……？』

「はい。わたしはこの世界で生きていくので」

　今のミコにはジルを転居させるつもりなど毛頭なかった。

　そうなると、自分が今後どういった立ち位置になるのかはわからない。

（王太子との取引を無効にすることになるんだよね）

　なんらかの処罰を受ける状況になるかもしれない。でも、そもそも取引からして脅迫じみたものだったのに、さらに罰せられたら理不尽極まるけれど。

「普通の街の人たちと同じように、働いて暮らしていけたらとは思うんですが……」

『……なら手始めに、あの洞窟にある魔石でも持っていくか？』

「魔石？」

『オリハルコンという、能力の威力を増幅させるものだ。……人間は金というものがいるんだろう？　あの魔石はそれなりに希少だから結構な価値になるんじゃないか？』

申し出についてはすごくありがたいのだけれど。

『必要なら採ってくるぞ？』

「え、と、実はあれを必要としていたのが、わたしをここへ使わした王太子で……」

『……悪い、連れてくる場所を間違えた』

正直に白状してしまうと、決まりが悪そうにジルは目を伏せる。

ミコは慌ててかぶりを振った。間違えただなんて、そんなこと絶対にないと力を込めて。

「いいえ、連れてきてくれて本当に嬉しかったです！　──そういえば、どうしてわたしをここに？」

『ミコは落ち込んでいただろう。……綺麗な景色でも見れば、少しは気晴らしになるかと思っただけだ』

──元気づけるために、連れてきてくれたの？

そうだとしたら言葉に窮する。ジルが自分のことを考えて行動してくれた感謝はもちろんだけれど……申し訳ないから。

これまでジルはたくさん話をしてくれた。炎から守ってくれた。はぐれたら捜しに来てくれた。悲嘆に暮れているときは励ましてくれた。

辛くて沈みかける心をジルが引き上げてくれたから、ミコは膝をつかなくてすんだ。

ジルからの思いやりは枚挙にいとまがないのに、自分は何もできていない。

「……気持ちは本当に嬉しいです。……わたしはジルさまには助けてもらってばかりですね……」

『俺は何もしていない。……だが、ミコにそう思われているならよかった』

頭に手が置かれる。ぽんぽんと、軽く叩く手がやけに優しい。

こんなふうに大切にされたら、無意識に自重していた気持ちのタガが外れる。淡い期待に胸が騒いでしまう。

――その心に踏み込むことが、許されるのでないかと。

「………ジルさま。気になっていたことを訊いてもいいですか？」

『ん？』

「こんなにも優しいあなたが、どうして」

きゅっとスカートの裾を握り、ミコは勇気を振り絞ってジルをまっすぐ臨む。

「――人間を、頑なに敵視するようになったんですか？」

ジルの目がほんのわずかに揺らいだ。

『…………』

落ちた沈黙が耳に痛い。

拒まれるかもしれない恐さに表情が強張る。それでもミコは視線を外さない。

ミコから目を逸らさずにいたジルが、つっと視線を下向けた。

『……ソラ』

ミコの足元で伏せをしていたソラが、呼びかけに応じて『なあに？』と首を傾げる。

『ミコと話をするから、向こうで遊んでいてくれるか』

『うん！　じゃあボク、おさんぽしてくるの！』

よい子の返事をしたソラは軽い身のこなしで茂みに飛び込んでいった。

『……少し長くなるが、かまわないか？』

「――はい」

ミコが神妙にうなずくと、手近な木の根元に腰を下ろしたジルが隣を叩く。

少し間隔を空けて、ミコはジルの隣に座った。

『俺は生まれてすぐ捨てられたのかはぐれたのかで両親の記憶はないが、拾い育ててくれた父親同然の存在がいた。……ラリーという名の、一角獣だ』

ジルが言うには、一角獣とは額に角が生えた馬のような幻獣らしい。

『ラリーは幻獣の中では珍しく回復系の能力を保有していたから、怪我をした動物や幻獣を見つける傍から治していたな。……穏和で、面倒見がよくて』

とにかく慈愛に満ちていた。懐かしそうに呟く声のやわらかさから、ジルがラリーをどれだけ慕っているのか手に取るようにわかる。

『だが六年前、――ラリーは人間に殺された』

「っ‼」

驚愕に目を剝くミコに、ジルは感情を圧し殺したような硬い声で語る。

『その日、俺が太古の森の外から帰ってくると、武器に貫かれ血まみれになったラリーから、人間が角を切り取っていたんだ』

「⁉ そ、んな……」

『そいつらは俺に気づいてたちどころに逃げた。俺はそんなことよりもラリーの容態の方が重要で、すぐに息を確かめたが……遅かった』

守れなかった。悔しさを滲ませた小さな声を、ミコは聞き逃さない。

『一角獣の角は毒に汚染された水や大地を清浄できる。その秘力を目当てに殺されたんだろう。……俺にとってラリーは誰よりも幸せになってほしい、大恩ある存在で。それを奪った奴らへの激しい怒りと憎しみから、俺は人間を拒絶するようになったんだ』

——わたしも。

大事な家族を亡くしている。けれど父もコタロウも体調不良によるものだったから、心の底である程度の覚悟はしていた。

それでも生きてほしい、助かってほしいと願わずにはいられなくて。

息を引き取ったとき、この世の終わりのように悲しくて仕方がなかった。

(それが、突然)

事故でもなく、心ない存在によって命を無理やりもぎ取られたら、どれだけ絶望し、憎悪するだろう。

『この太古の森はラリーと過ごした場所で、動物や弱い幻獣の拠り所でもある。……俺にとっては守るべき大事なものだ』

かけがえのない場所なのにミコの願いを叶えるためにと、ジルは内容も知らないのに転居に応じてくれようとしたのか。

(わたし、何も知らずに……)

「……大切な方を無理やり奪われて、辛かったですよね。人間を、許せませんよね……。ジルさまの心情も考えず、本当にごめんなさい……」

『俺が何も言ってなかったんだ。……だから泣くな』

言われて初めて、自分でも気づかぬうちに眦からこぼれた雫が頬を濡らしていたと知る。

『親とはぐれて憔悴していたソラを拾ったのがちょうどその頃で、……俺は、ラリーの真似をしたのかもしれないな』

自分に呆れたような物言いとは裏腹に、ミコの涙を拭う指先は優しかった。

——ジルは優しくて律義で、躰だけでなく心も強い。

人間に長恨の念を抱きながらも、生きとし生けるものの命を無残に散らす暴挙に出ることはない。その心にはいったいどれだけ戒めの鎖が巻かれているのだろう。

胸がちぎれそうで、涙が止められない。

ミコはしゃくり上げながら口を利いた。

「……わたしが……ひっく。ジルさまと同じ状況で力を持っていたら、手当たり次第に仇である人間を襲うと思います……」

『いや、ミコはそんなことしない』

ジルはやけにはっきりと言いきる。

『たとえ憎んだとしても、力を振るう前に非道な奴ばかりじゃないと葛藤しながら相手を知ろうとするはずだ。……ミコは心があたたかくて、思いやりのある奴だからな』

ジルは黒髪をかき上げるなり、ミコに視線を集中させた。

美しい深紫の瞳に見つめられると鼓動が跳ね、身動きが取れなくなる。

『そんなミコがいたから、俺は人間が全部同じじゃないと思えたんだ』

――心の針が、激しく揺れ動いた。

そんな感覚だ。時を同じくして自分の中に、火が灯るような熱を感じる。

言いようのない歓喜が、踊るように全身を巡っていた。

（……こんなふうになるのはひょっとして……わたしは、ジルさまのこと……）

彼に出逢うまではなかった感情と、この熱の正体。

家族への情愛とも、タディアスたちへの親愛とも別物で。ぼんやりとしていたその何かが、ジルからの思いの丈に触れたことで輪郭がはっきりと定まった気がする。

――わたしはジルさまが好き。

年齢が離れすぎているとか、種族が違うとか。

そんな理屈を並べ立ててもどうにもならないくらい、気持ちがぴたりと胸にはまる。

まだ口にする勇気は持てない。だけど、口に出すのも憚られる胸の内を明かしてくれたジルを大切に想う気持ちは伝わってほしい。

ミコはふわりとはにかんで、今の自分の精一杯の本音を紡ぐ。

「わたし、この能力でよかった。……ジルさまと出逢えて、本当によかったです」

刹那、ジルの腕がミコの身体を包んだ。

「じ……る、さま……？」

『――悪い、自分からは放してやれない。嫌なら全力で拒んでくれ』

拒め、と言いながら、ジルはミコに絡めた腕にいくらか力を込めた。

まるで縋られているようで、抱かれているはずの自分が彼を抱いているような気がしてくる。

羞恥が募って仕方がない。けれど、それよりも胸の疼きが勝る。

生まれて初めての衝動に突き動かされたミコは、居場所をなくしていた両腕を躊躇いがちにジルの背中に回す。

――触れたところから、じんわりと互いの体温が肌に染み込んでいくようで。

恥ずかしいのに、不思議と安堵の方が大きかった。

「ジルさまに触られて、嫌だと思ったことは一度もないです」

『……そうか』

いつも堂々としたジルのほっとしたような声音を耳にしたら、ピンと張っていた糸がゆるむように気持ちが安らいだ。泣きすぎたことも相まってか強烈に瞼が重くなる。

精根をすっかり使い果たしていたミコは、あっという間にまどろみに落ちていった。

すうすうと眠ってしまったミコの頭を、ジルは慎重に自分の膝の上に横たえた。

そのままでは身体を冷やすかもしれないので、自らの上着を彼女にかぶせる。すべらかな頬に垂れた長い栗色の髪が涙でしめった箇所で止まった。

ジルはそっと指で払う。

（……ずいぶん泣いたな）

自分とは無関係な痛みを、まるで自分のことのように。

未だ胸に後悔と怨恨を残す過去をミコに吐露したのは、ジル自身も密かに驚いた。

だが、さほど躊躇はなかった。他の誰にも触れられたくないのに、ミコに触れられるのは不快ではなかったのだ。それどころか、他人の痛みのために流す純粋で優しいミコの涙で、乾いていた心が満たされた気さえした。

（……いつからこうなったのか）

直接的にはわからない。

ただ日増しに、ミコの明るい振る舞いや、懸命に物事にあたる姿勢が好ましくなった。

ソラの台詞を認めるのは若干悔しかったが、ほんわかとした素直なミコと一緒にいる時間を楽しいと感じ、放っておけないと目をかけていたのは事実だ。

ミコが交渉役を引き受けた理由が元の世界に帰るためと明かされても、責める気にはなれなかった。

（むしろ、らしいと腑に落ちたな）

他者のためにすら全力で動くミコが、血縁を大切に思わないはずがないのだから。

――「……別の場所での密猟の話も、作り話なんです」

――「……身勝手な真似をしてごめんなさい、ジルさま」

耳に甦るのは事情を明かしたあとの、気の毒なくらい震えたミコの声だ。

ミコはよく笑う。怒ることはあまりないが、あるとすればそれはだいたい自分のためではなく、違う誰かのため。

そんなミコが泣きじゃくりながら、消え入るような声で謝罪を口にしたとき。

胸の一番深いところが、痛かった。

――怒っていないから謝るな。自分がそんなに傷ついているのに。

ジルはどうしようもなく落ち着かない気持ちと、励ましたい気持ちがせめぎ合ってない交ぜになり、気づけば壊すかもしれないという不安を越えてミコを撫でていた。

指先に全神経を集中させることも、力加減をしくじらないよう死ぬ気で覚えようとしたのも初めてだった。

自らの予期せぬ行動に混乱する一方で、ジルは強烈に思ったのだ。

――笑っていてほしい。

苦痛から、恐怖から、彼女を傷つけるすべてのものから守りたいと。

そうして今しがた、少し気恥ずかしそうに、屈託なく微笑んだミコを目にするなり、焼けつくような熱で全身が満たされ、心臓がひときわ強く脈動して……

何かに突き動かされるように、ミコを腕に抱いた。

（……この腕をミコが受け入れたことに）

心底ほっとした。同時に、胸の中に溢れ続けていた不可解な感情が急に形を成したように感じたのだ。

人間でも異世界人だから。言葉が交わせるから。

そうやってありえない理由を掲げていたが、もうごまかしが利かない。

覚えのない、胸の高鳴るこの想いを認めるほかなかった。

ミコは何よりも愛おしい存在だと――

（ミコを悲しませた王太子は八つ裂きにしてやりたいが、この世界に喚んだことについてだけは感謝しないとな……）

ジルは無防備に眠るミコのさらさらした髪を愛おしむように指で梳く。

すると、服の襟元から覗く首の細さと白さが露わになって、どきりとしてしまった。

『……ミコがいなくならずにすんで喜んでいる俺こそ、身勝手なんだよ……』

低い声で毒づいたその直後に下から、「ん……」というあえかな声と、もそもそ動く気配がした。

長い睫毛が震え、くりくりの瞳がゆっくりと現れる。

『起きたのか』

「……？　………っっっ!?」

目が合うなり、ミコが音だけの悲鳴をほとばしらせて飛び起きた。

ただでさえ大きな瞳がまん丸になっているし、顔は熟れたりんごのように赤い。

この反応からすると、起き抜けで寝落ち前の記憶がまだ判然としていなさそうだ。

「な、なんでジルさまがひ、膝枕……!?」

『ミコが寝たからだ。地べたにそのまま横たえさせておけないだろう』

「お、お気遣いはありがたいですが、心臓に悪いので次からは遠慮します……」

『……別に警戒しなくても、寝ている相手に無体な真似はしないぞ？』

「警戒？」

ミコはぽかんとした顔になる。

そんな彼女から続く言に、ジルは同族の竜からしたたか殴られたような衝撃を受けた。

「いえ、ただわたしが恥ずかしくて困るといいますか……嫌じゃないんですけどこういうの、慣れてなくて……」

——なんなんだこの生き物は。

頬を上気させてまごつくミコを腕の中に引きずり戻してやろうかという欲求を、ジルはぎりぎり堪えた。危ない。

素直なミコは不意打ちで、ジルを悶えさせる台詞を素で発してくれる。

「あの、ジルさま？」

どうしたんだろうとでもいうようにきょとんとするミコは、自分が年上の竜の心をかき乱しているなど、夢にも思っていないのだろう。

（……天然ほど質の悪いものはない）

その辺にいる若造めいた愚痴を、ジルは晴れやかな心の中で吐き出してしまった。

陽が傾きかけた頃。
またしてもジルに横抱きにされた状態で、ミコはブランスターへと戻ってきた。
城壁の傍で下ろされたミコは先ほどと同様、ここぞとばかりに酸素を（以下省略）。
ミコはいつものように迎えの馬車で帰ろうとしたのだが、どういうわけかジルが送ると言って聞かず、致し方なく馬車には帰ってもらったのだ。

（は、恥ずかしかった……！）

恋心をついさっき自覚してしまったからなおさらだ。

込み上げる照れくささを散らそうとするけれど、これがなかなか難しい。

ミコは年齢と彼氏いない歴がイコールで、異性との接触に対する免疫がなかった。にもかかわらず、一日足らずでお姫様抱っこと膝枕、あろうことか抱擁まで体験したのだ。

押しつけられた硬い筋肉の質感や、回された腕の力強さ、自分よりも低い体温がはっきりと伝わってきて――

（思い出したら顔から火が出る！ うう、顔が熱いよぉ）

恥じ入るミコとは対照的に、ジルの無表情は小揺るぎもしていない。

相手は天変地異が起こったとしても泰然と処理に当たるであろう、幻獣の王者だから仕方がないことなのだけれど。

ちょっとだけ不満に感じてしまうのは恋する乙女のわがままだろうか。

『……顔が赤いぞ。体調が悪いのか？』

あなたのせいですとはとても言えない。

「なんでもありません！ それよりあの、腕は痛くないですか？」

『軽くてやわらかいミコを抱きかかえたくらいで、俺がどこか痛めるとでも？』

（恥ずかしい感想を通常のテンションで言わないで――っ！）

ミコは恥じらいの悲鳴と髪をくしゃくしゃにしたい衝動を意地で堪えた。

どうして発言者が寸分も動じず、こちらが狼狽えなければならないのだろうかと、ミコは羞恥とどうにも釈然としない気持ちを持て余す。

「よ、よかったです？……あの、明日もお邪魔していいですか？　太古の森の清々しい空気の中の方が、これからのことを落ち着いてじっくり考えられる気がするので……」

『……当たり前だろう。なんなら俺が送迎してやる』

ほっとした矢先にとんでもない爆弾発言が投下され、ミコは赤面して慌てふためいた。

「それは結構です！　今までどおり通わせていただきますから！」

『俺が運んだ方が早いし安全だろう』

身辺的にはそうかもしれないけど、精神的には羞恥で疲労困憊します！

「そ、そういう問題ではなくてですねっ」

『じゃあ何が問題だ……？』

なおも食い下がるジルへの返答に窮したミコは、苦し紛れに話を逸らす。

「えーと、ジルさま！　これから一緒に例のパン屋さんに行きませんか？　昨日のお礼も言いたいですし、明日の朝食も買いたいので！」

『……別にかまわないが』

「じゃあ行きましょう！」

　とりあえず送迎の件についてあやふやにすることに成功した。ミコはジルから見えない位置でこっそり額の汗を拭う。

『ミコはあのパン屋とやらによく行くのか……？』

「行きますよ。ご近所ですし、どれもすごくおいしいので！　料理は好きなので、将来はパン職人を目指すのもいいかもしれませんね」

『……人間社会のことはよくわからないが、ミコが必要なら俺の力と威光を貸してやる』

　心意気はありがたいものの、後ろ盾が強力すぎる。ミコは月並みに暮らしたいだけだ。

「……仲良くしてもらえるだけで十分なので、気持ちだけいただきます」

『物理的にも受け取ればいいものを……』

　なんでちょっと声が不満げなの？

「じゃあ、もしもわたしが採取屋デビューをすることになったら、魔植物や鉱石の採取を手伝ってくれると嬉しいです」

『ミコはそうするつもりなのか？』

「ただの案です。あ、万が一そうなったとしても、乱獲は絶対にしません！」

『……だろうな』

　ジルは身を屈めて、ミコを覗き込みながら頭をごく軽くぽんぽんしてくる。

穏やかなまなざしと動作が言葉よりも雄弁にミコへの信頼を物語っているようで、ミコは嬉しい反面、気恥ずかしくなってしまった。

（……ジルさまはわたしのことを、どう思っているんだろう……？）

知りたいが、確かめるのは告白のようなもの。そんな大胆で恐いことを今はできない。

だがこうしてかまってくれているので、思い上がった勘違いでなければ知り合いよりは上のはずだ。ソラと同類な感じも否めないけれど、嫌われていなければとりあえずいい。

（欲を言えば、気の置けない友達くらいに思われていたいけど）

『……ミコ。あれはなんの集まりだ？』

真剣に考え込んでいたミコは、ジルからの声かけではっとする。

「なんでしょう？　樹の下にたくさんいますね……」

大通りの開けた場所に植えられた、大きなもみの樹の根元に人だかりができている。

なぜか皆顔を上へ向けていた。

『あそこにいるのは、昨日丸っこい男と一緒だった奴だな……』

「あ、火事の現場でジルさまに真っ先に声をかけた方ですね」

肌が陽に焼けた逞しい体つきの男性は、もみの樹に立てかけた梯子のようなものに登っている。その下では若者が梯子を動かないように支えていた。

「棟梁、どうですか⁉」

「やっぱ梯子だけじゃ無理っぽいな」

近づいてみると、そんなやりとりが耳に入った。上に何かいるのかな？

「棟梁さんとこの黒猫が下りられなくなっちゃったみたいで、――きゃっ⁉」

訊ねたご婦人はミコの隣にいるジルを見るなり、少女のような声を上げて顔を赤くする。

たちまちその場がざわついた。

上へ注がれていた視線は余すことなく空前の美丈夫へと移る。常人であればまとわりつくそれにたじろぐところだが、ジルは歯牙にもかけていない様子だ。いちいちかっこいい。

「よお、黒髪の兄ちゃん！　相変わらず男前だな！」

梯子から下りながら、男性は首を捻ってこちらへと叫ぶ。

「一緒にいるあんたが、パン屋の旦那が言っていた通訳のミコちゃんかい？」

「はい、そうですが……」

「いいねえ、二人で仲良くデートか」

「っ⁉　違いますっ！」

言葉の矢が脳を直撃した。ミコは動揺で声をうわずらせる。

照れるな照れるなと、豪快に笑う男性は赤面するミコの否定にまったく聞く耳を持たない。わたしの声はこういう話題のとき相手に届かないの⁉

『ミコ、あの男になんて言われたんだ……？』

「えっ！　えーと、あの、その……本日はお日柄もよく？」

『……絶対嘘だろ』

すっとぼけてみたが、即座にジルからつっこみが入る。

デートの件をリピートするのは恥ずかしすぎるので、ミコはジルのつっこみを聞かなかったことにした。

と、そこへ——

『こわい……』

上から降ってきたのは、弱々しいかすかな声だ。

目を凝らしてみると、大きなもみの樹のてっぺん近く。太い幹から分かれた枝の根元で長い尻尾の黒猫がうずくまった状態だった。

「あんなに高いところに……！」

「窓を開けた隙に飛び出しちまって、見つけたときにはあそこにいてな。おれの可愛い可愛いハーティちゃん、さぞかし恐い思いをしているだろう……！」

やたらと愛らしい名前の愛猫を心底案じていることはひしひしと感じる。

「早く助けてやりてえんだが」

「そうですね。いくら猫が身軽でも、もしあの高さから落ちたら……」

『……落ちる前に下ろす』

えっ？　ミコが訊ねようとする前にジルが横からいなくなった。

瞬きする間に、ジルは重力を感じていないかのように軽々ともみの樹の真ん中まで跳躍する。一度、太い幹を足音なく蹴って、一気に黒猫の元へと到達した。

……………。

（わたしを除く全員が仰天している……）

それも無理からぬことである。人間離れした——なんたって竜だから——動きを見せつけられたのだ。

という地上の状況はさておき。

うずくまる黒猫は突然現れたジルに威嚇するように鳴いたけれど、ゆっくりと抱いた彼に抵抗することなく、その腕におとなしくおさまる。

黒猫を大事そうに抱えて、ジルは空気を震わさずしなやかに着地した。

『……猫はふわふわしているんだな』

（っ、その顔でそんなこと言うのは反則……っ！）

心なしか嬉しそうに呟くジルが可愛いやら魅力的やらで、ミコは悶えた。たとえ大金を積まれても今の台詞の内容は明かさないと決め込む。

『……助けてくれて、ありがとう』

黒猫はつぶらな黄色の瞳でジルを見上げながら、そう言った。

『こうやって猫に触れるのも、ミコへの力加減を覚えたおかげだな』

「お、お役に立てて何よりです？　――ジルさま、猫ちゃんが助けてくれてありがとうって言っていましたよ」

『……わかった』

通訳ありがとうとばかりに、ジルは猫を抱いていない方の手でミコの後頭部を撫ぜる。

その仕草にそこはかとない甘さが秘められているように思えて、ミコは頬をぽっと染めた。

ジルは黒猫を抱えたまま、悠々とした足取りで――

『……ほら』

すっと、黒猫を陽に焼けた男性に差し出したのだ。

わざわざ、人間の元へ自らの足を運んで。

（ジルさま……）

「っ、すっ、げーな黒髪の兄ちゃん！　魔法だけでなく、身体系の能力もあるのか！」

そう解釈した男性は興奮に駆られているらしく、受け取った黒猫を太い腕でぎゅっとした。圧迫された黒猫は抗議するように高く鳴く。

「まじでかっこよかったぜ！　なあ！」

「はい！　男のオレでも惚れそうでしたっ！」

「女のあたしはすでにメロメロだよっ！」

「バツイチのおばさんは引っ込んでてよ！　ちなみに私は未婚の女盛りでーす！」

「盛り上がってるとこ水を差すが、黒髪の兄ちゃんはすでに売約済みだぜ」

「──といった会話が繰り広げられています」

『…………』

ミコの実況を聞くジルは街の人たちに珍奇なものを見るような目を向けている。けれども、そこに剣呑さは露ほどもなかった。

「っと。黒髪の兄ちゃんは言葉が解らねえんだったな。ミコちゃん」

「は、はい」

「うちの大事な猫を助けてくれてありがとうって、伝えてもらえるか？」

男性からの言葉をミコが口にすると、ジルはそっぽを向いてぽつりと。

『……別に、猫のためだ』

「──だ、そうです」

「だっはっは！　黒髪の兄ちゃんはクールだなあ！　そんじゃまあ、何もしないのもあれだしここは一つ感謝を込めて」

男性は隣の若者に黒猫を預ける。

「さあ黒髪の兄ちゃん、いざおれとハグェ！」

ミコが止める間もなく、タックルするような勢いで飛びつこうとした男性は額をジルの左手でがっちり掴まれ、動きを完璧に抑え込まれる。

「ジ、ジルさま。棟梁さんは感謝の抱擁をしようとしただけで、決して攻撃では……」

『……むさくるしい奴に抱きつかれるのは御免だ……』

ジルは小さくぼやく。体格による圧からして、気持ちはわからなくもない。

「……ミコちゃん、黒髪の兄ちゃんはなんか言ったか……？」

捕らえる対象に届かずに空を掻く太い両腕には、なんとも言えない哀愁が。

「むさくるしい方に抱きつかれるのは御免だと……」

「正直な通訳ありがとな……」

男性は力なく笑いながら後ろに下がるなり、申し訳なさげに眉尻を下げるミコの頭をわしわしと撫でてきた。何事かと、ミコはぽかんとした表情になってしまう。

「ミコちゃん、ありがとよ」

「へ？　わたしはただ言われたことを伝えただけですが……」

「それがすげぇんだよ。ミコちゃんの通訳がなけりゃ、おれらは黒髪の兄ちゃんと話がずっと一方通行だ。ミコちゃんがいてくれてよかったぜ！」

『……この間と違って、ミコがいてくれて助かった』

双方からの惜しみない感謝を受けたミコが感じたのは——喜びだ。

なんの裏表もない言の葉から生まれた嬉しさが体中をたゆたうようで、こそばゆいのに心がぽかぽかする。

「——よかったです、少しでも役に立てて！」

ミコは面映ゆい気持ちと嬉しさを隠しきれていない、純真な笑みを浮かべた。

直後にジルはどうしてなのか口元に手を当て、陽に焼けた男性は破顔する。

「さあ、ハーティちゃんも無事だったし邪魔者は退散っ退散っ！　人の恋路を邪魔する奴は馬に蹴られてなんとやらってな」

歌うような男性の指示で、その場にいた者たちは興奮冷めやらぬままに散開した。

その場に残るのはミコとジルだけになる。

「……なんだか嵐のようでしたね……」

『まったくだな……』

ジルは大仰に息を吐き出して。

『知らないとはいえ竜に突っ込んでくるとは……ずいぶん命知らずな人間がいたものだ』

呆れたようにそう言った。嫌悪や侮蔑を微塵も感じさせない、どこか愉快そうな調子で。

——あんなに、人間を毛嫌いしていたのに。

タディアスたちに邪気を感じないと言ったように。

人間が全部同じじゃないと思えたという想いのとおりに。

（ジルさまはきっと、変えようとしているんだ）

〝人間〟を一括りにして弾くという考えから、個として認識しようとする考えに。

ゆえに、先ほどの街の人たちへの空気がやわらぎ、まなざしに剣呑さもなかったのだ。

彼らを爪弾きにする必要はないと。言葉が解らないながらも視線から、表情から、雰囲気から、あらゆるものに視線を凝らし、頑なさをゆるめようと努めているのだろう。

「――ジルさま。太古の森の他に、オリハルコンが採掘できる場所ってありますか？」

『？　それならここから南に下った湿原地帯の鉱山で採れるが……』

「そうですか、よかった」

『……急にどうしたんだ？』

ジルは訝しげに首を捻ったが、目線は合っている。

――途中まで、気づく余裕がなかったけれど。

ジルは歩くときは速度を、話すときも躰を屈めたりして、それとなくミコに合わせてくれている。

ジルのそれは恋愛感情によるものではないだろうが、大切にされているのは事実だ。

「もうわたしには、王太子の希望に沿うつもりはありません」

ジルは積年の遺恨を越えて、少しずつ変わろうとしている。

多少自惚れてもいいのなら、ミコはそのきっかけの一端を担ったはずだ。

（わたしもこのままじゃいられない。──今のわたしに、できることと言ったら）

「わたしは王都に行って王太子にかけ合ってきます。『守り主』は太古の森に必要だから、魔石の採掘は別の場所にしてくださいと」

『！』

不意を突かれたようにジルは目を瞠った。

（わたしは社会的にも肉体的にも精神的にも、まだ甘い）

そんな自分にできることは限られている。

だからせめて、この能力で役に立てれば、少しはジルにお返しができるかもしれない。

他者のために心を砕く、その優しさに救われたから。たくさん助けてもらったから。

他ならぬジルのために──何かがしたい。

「ジルさまがわたしや街の人たちに寄り添ってくれたように……今度はわたしが、ジルさまのためにできることを全力でやってみます！」

にっこりと笑ったミコは、明るい声に強く頑なな意志を込めて宣言した。

五章　橋渡しの意地

アルビレイト王国王都、キングストレゾール。

沿道に高級店が立ち並ぶ目抜き通りの先——長大な外郭に囲まれた正門の奥に聳えるは、国王まします王宮。

敷地はとんでもなく広大で、見える範囲だけでもいくつもの建物がある。その中でも群を抜く壮麗な石造りの王城は雲に届きそうな尖塔や円塔がいくつもある古典的な様式のものだ。重厚な外観だが灰白色のためか、重苦しい印象は受けない。

「こちらでしばしお待ちください」

支度を終えたメイドたちが一礼して部屋を出る。

ミコはジルに宣言したあくる朝にブランスターを発ち、今日の昼過ぎに王宮に到着したのだ。事前に連絡なんてしていなかったが、名前を伝えたらすぐに通してくれた。

その上謁見のためにと、押しかけてきたメイドらに抵抗虚しく身ぐるみを剝がされてしまい、春らしい淡い黄色のロングドレスに着替えさせられ、今に至る。

（……ただ話をするだけなのに）

王太子に会うということがそれだけ仰々しいことなのだと実感させられる。ミコにはありがたみの気持ちはないので、早々に話を終わらせてブランスターに帰りたいが。

（というか手間取っていたら、ジルさまが迎えに来ちゃうかもしれないし）

あの日の宣言のあと、面食らっていた状態から元に戻ったジルは『なら俺も行く』とミコに詰め寄った。

ミコは当然断った。なんたって王宮には《鑑定》の能力持ち集団がいるからだ。万が一にもジルの正体が露見したら、騒動どころではすまなくなる。

『行く』「絶対だめです」――不毛な押し問答を制したのはミコで。

しかしながらジルもただでは引かず、一週間で戻らなかったら自分が迎えに行くと条件をつけたのだ。移動には片道三日かかるので、猶予は一日しかない。

（ジルさまも何気に過保護だよね……）

好きな相手に気にかけてもらえるのは普通に嬉しいものではある。反面、かつての辛辣さとのギャップが甚だしく、あれは夢幻だったのかとさえ思う。

少し前のあれこれについて、ミコが感慨深い気持ちで追想していたとき。

一人の文官風の男性が入室してきた。

「お待たせ致しました、ミコ・フクマルさま。王太子殿下がお呼びでございますので、これよりご案内させていただきます」

先導する使者のあとについて螺旋状の大階段や、高名な画家作とおぼしき絵画がそこかしこに飾られた長廊下を通り過ぎると、ひときわ豪華な装飾扉が現れた。

「こちらの謁見の間でお待ちでございます」

使者と、扉を護る兵が恭しく頭を垂れた。一拍ののちに、広間の扉が開かれる。

幾本もの柱が支える高い天井に施されているのは、絢爛たる金装飾。白大理石の床から高壇の玉座へと続く階段に至るまでは、目が覚めるような真紅の絨毯が敷かれていた。

国王の玉座が置かれた最高壇から一段下がった右側の席に、威厳ある物腰のアンセルムは座していた。他の人間の姿は見当たらないので、人払いされているようだ。

ミコはアンセルムの眼下に立つ。

「久しいな聖女殿。息災だったか?」

「街の皆さんのおかげで、つつがなく過ごさせていただいています」

ミコは愛想よく笑うも、その声は皮肉の気持ちがこもっているためやや平坦だ。

「申し訳ありませんが、わたしは謁見での挨拶や作法がわかりません。さっそくですが本題に入らせていただいてもよろしいですか?」

「聖女殿にそういった慣わしは求めていない。聞こう」

「では申し上げます。——王太子殿下の目的である魔石の採掘は太古の森ではなく、南に広がる湿原地帯の鉱山でなされるべきかと」

「…………何？」

肌を刺す空気が張りつめたが、ミコは怯まずに続ける。

「魔石の採掘場所については守り主さまから賜ったお話なので、間違いありません」

「――元の世界に帰す条件は、守り主を太古の森から退かすことだったはずだ」

「…………帰ることは、できませんよね」

眉間に険しいシワを寄せていたアンセルムを狙いすまして、ミコは言を投げた。

「喚べはしても、帰す方法はないのでは？　そもそも召喚したときに、古文書も燃えてしまったんじゃありませんか？　あのとき、かすかに焦げた匂いがしましたから」

「…………」

アンセルムは反論せず黙りこくる。肯定だ。

だけど、ここにきて心は揺れない。

「わたしはそのことが原因で王太子殿下の意に背くわけではありません。……太古の森には守り主さまが必要ですから」

ミコは冷静に、それでいてしっかりとした語勢で言上する。

「追い出してはならないと、わたし自身が太古の森の土を踏んでこの目で見て思いました。ですから、別の場所を提案します」

ミコが言い終わってからしばらく、アンセルムは鳴りを静めたのち。

顔を伏せたアンセルムが、大げさに肩をすくめると――

「――やはり、他力になど頼るものではないな」

猛る光を帯びた銀色の瞳は、まるで水を打った刃のように冷たい。

「いいだろう、上等だ。守り主が太古の森からあくまで退かぬなら、こちらも相応の手段に出るまで」

「王太子殿下⁉」

「言葉が解るだけに共感力を多少危惧していたが、案の定同情するとはな。――私の意に反したお前を処罰するのは容易いが、喚んだ手前もある」

聖女殿という敬称を取り払ったアンセルムがパチンと指を鳴らすと、扉から二人の兵が入ってきて、ミコの両脇を固めた。

「命は取らん。だが、自由は奪わせてもらうぞ」

連れて行け、とアンセルムは端的に命じる。

「なっ、放してください！」

「戦闘には不向きでも、唯一の能力を持つ召喚聖女が他国に渡りでもしたら厄介だ。しばらく軟禁生活をしていろ、自らを顧みながらな」

言うだけ言って、アンセルムは踵を返した。

「あなたさまに手荒な真似は致しません。おとなしくご同行願います」

「嫌です、放してっ‼」

摑まれた腕をよじっても、訓練された兵はびくともせず。

兵たちに連行される形で、ミコは否応なしに謁見の間をあとにすることになった。

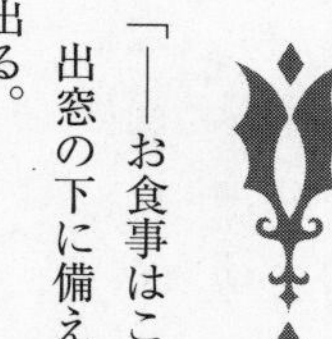

「――お食事はこちらのテーブルに置かせていただきます」

出窓の下に備えつけられたベンチで膝を抱えていたミコに一声かけて、メイドは部屋を出る。

ミコがここに閉じ込められたのが三日前の夕方で、今は四度目の月が昇っている。

王宮の高い場所にあるこの部屋には、鏡台やら化粧水やらが準備されていた。

食事は三度きちんと運ばれてくるし、日に一度はメイドが寝具の交換に来る。取引を反故にしたミコをひどく扱うつもりはないようだが、窓には鉄格子、扉の外には見張りもいて、逃走防止対策は万全だ。

いくら待遇がよかろうと、監禁には違いない。

――しかしミコにとって、人権侵害よりも問題なのが。

「外の状況がぜんっぜんわからない……っ！」

ミコは手近なクッションに八つ当たりした。

（誰でもいいから情報教えて！）

物騒な面構えだったアンセルムはあれから姿を現さないし、ここに出入りするメイドたちは表情筋を操る術でも嗜んでいるのか、何を訊いても眉一つ動かさずに「私の口からは何も申し上げられません」の常套句が出てくるのみ。

「知らなかった！　何もできない、何も知らされないってストレスえげつないんだ！」

祭りで失礼千万の若者二人組の頭頂部を呪ったが、それが今になって返ってきたんじゃないかとか、ミコの思考はとっちらかる。すぐ元に戻ったけど。

（開けて、出して、っていくら言っても、出してもらえないし）

かくなる上は扉をぶち破る！　……なんて芸当が武術の心得などない元女子高生の腕力と脚力でできるはずもない。

ましてや指先一つで風を起こして～、なんてもっと無理。

「……自分で言うのもなんだけど、へなちょこ聖女だなあ……」

ふがいないとミコがしおれていたちょうどそのときだ。

「失礼致します聖女さま！」

「フォスレターさん⁉」

扉を少々乱暴に開け放ったのは、息せき切ったデューイだった。

外から直接来たのか、外套を羽織ったままだ。

「申し訳ありません。カタリアーナ王国王妃殿下のお見送りに同行しており、報せを受けてから戻るのに時間がかかりました」

「国王さまの妹姫さまっていう……あの、帰ってきて大丈夫だったんですか？」

「丁重に見送ってまいりました。それよりも聖女さま、重ね重ね申し訳ございません」

デューイは深くうなじを屈めて、ミコに万謝した。

（重ね重ね、って）

一つはアンセルムがミコを閉じ込めた仕打ちに対してだろう。他に、アンセルムの行動を止められなかったこと……いや、たぶん違う。

「……〝重ね重ね〟の中には、元の世界に帰る方法がないと知っていて、黙っていたことも含まれていますか？」

ミコの問いかけに、ゆっくりと顔を上げたデューイは神妙な面持ちでうなずいた。

「――はい。私は最初から存じ上げておりました」

「わたしはもう事実を知っています。でも、嘘をつかれた理由は知りません。……理由、教えてもらえますよね？」

嫌とは言わせないと書いた顔で、ミコは立っているデューイを仰ぐ。

その刺さるようなまなざしを受けたデューイは威儀を正した。

「……体調不良の国王陛下は、不治の病に冒されています」

「不治の……病……？」

デューイは首を縦に振った。

「お倒れになったのはおよそ二年前。王国最高峰の魔法薬師たちが治療に当たりましたが陛下はどんどんお痩せになり、衰弱していくばかりでした。陛下をお救いする術はないかと、殿下を含めあらゆる者たちが手がかりを探し求め奔走しました。そして一年前、かつての王の側付きが遺したとある手記が発見されたのです」

さらにデューイは続ける。

「そこに記されていたのは、二百年以上昔――どのような魔法薬でも治らない不調を抱えていた当時の国王陛下に、太古の森で採取したとある魔植物から生成した魔法薬を処方したところ、奇跡的に全快されたというものでした」

……この話の流れからすると。

「王太子の目的ってもしかしなくても、オリハルコンじゃなくて……？」

「――お察しのとおりです」

デューイは眉間のシワを指で揉んだ。

「殿下は弱みを見せるのがお嫌いで本音を隠したがるのです……。まあ、あわよくばという思惑はおありだったでしょうが、あの方の本当の目的は太古の森でも特に魔力が濃いとされる奥地、オリハルコンが採れる洞窟の周囲に自生すると云う魔植物でして……」

「ちなみにそれはどういったものですか？」

「『サンローズ』という名の、輝く金色の薔薇のような魔植物と聞き及んでおります」

（輝く金色の薔薇、……あっ）

あれかーっ！　ミコが知らず知らずのうちに手をポンと叩く向かいで、デューイは苦悶の表情を浮かべた。

「採取を専門の職人たちに依頼しましたが、ことごとく失敗に終わりました」

「……それは……『守り主』がいるから？」

「はい。かの存在によって手をこまねいているうちに、ふた月前、陛下は寝たきりになられました。診断ではこのままではもって夏までだろうと……そのため王妹殿下は見舞いのために来訪されたのです」

条件を出してきたとき、何か事情がありげだとは思っていたが、これで得心がいった。

アンセルムの「あまり猶予はないと」いう台詞。直後に口を噤んだデューイの反応。

それらに通じていたのは、国王の体調の悪化だったのだ。

「王さまが危ういのに有効な手立てがない。そんなときに都合のいい能力を携えて現れたわたしには、騙してでもやる気を出させて守り主を丸め込ませたかった、と」

「……申し開きのしようもないですが、聖女さまの物言いに悪意がないぶん刺さります」

デューイが何かごにょごにょと喋った気がするが、くぐもっていてよく聞こえない。

「こほん。……これはあくまで、私の憶測ですが」

短く咳払いをしたデューイがそう前置きをする。

「殿下がものは試しという気持ちから聖女さまを召喚したのは事実でしょう。……ですがきっと、それがすべてではないはずです」

「お試しだけじゃない？」

「陛下は亡くなられたお妃さまのぶんの愛情も殿下に注がれました。殿下はあたたかくときに厳しい鷹揚な父親としても、王国を導かんとする毅然とした国王としても、陛下を敬愛しておられるのです。それは臣下たる我らとて同じ。発展の父と呼ばれる陛下と、その右腕として尽力なされる殿下なくして、我が国の向上は成しえなかったのですから」

そこまでで、言わんとしていることは理解できた。

――なんとしてでも救いたい。

アンセルムを突き動かしているのは私欲の正反対ともいえる、無償の親子愛だ。

助けたい一心なのに、目当ての品はジルに阻まれて手に入らない。

時だけが無情に過ぎ往く中、見つけた古文書が眉唾だとわかっていても〝もしかしたら〟という儚い希望に縋る想いが、その心の奥底にはあったのかもしれない。

親は子どものためならなんでもできると言うが、子どもだってまた同じだ。

（わたしが王太子と同じ立場なら……どんな手を使っても、なんとかしようとする）

自分ではない、大切な誰かのために。下心なんてつけ入る隙のない純粋な気持ち。

だからこそ——恐ろしい。

（採取は失敗、説得もうまくいかなかった。なら残る手段は……？）

力ずく。

それしかミコには思い浮かばない。アンセルムは実際に、武力を行使できる地位も権限も持っている。

顔を青ざめさせたミコは、痙攣する唇を大きく動かした。

「フォスレターさん、王太子は今どこにっ!?」

「報せでは、殿下はかねてより編成していた魔法師と能力持ちの騎士から成る軍隊を連れて太古の森へ出陣されました。——殿下は聖女さまが現れなければ、攻め込む腹積もりでいらっしゃいましたから」

そんなっ！

当たってほしくない不安が現実として起こっている事態にミコは気が動転する。

何かの間違いだという喚き声が喉までせり上がってきた。

（だめ！　パニックになっている場合じゃない！）

つっかえそうに息をしながら、ミコは震える指先を拳の中に畳み込む。

（止めなきゃ……っ！）

アンセルムの目的が魔植物で他意はないとしても。ジルと会敵すれば、ことごとく採取の手を阻んできた『守り主』に向けるのは敵意に他ならないはずだ。

大挙して押し寄せた兵らが森を踏み荒らせば——

事情を知らないジルは絶対にアンセルムらを許さない。敵として粛正するだろう。

「わたし、王太子を追います！」

跳ねるように膝を伸ばしたミコの肩を、デューイが両手で押さえる。

「落ち着いてください聖女さま！」

「落ち着いてなんかいられません！　このままだと大変なことになります！」

「——だとしても、今さらどうにもなりません！」

常に紳士然とした物腰を崩さないデューイが、苦しげに顔を歪めた。

事に及んだ主君を憂える胸中を表すような曇り声で、デューイはまくし立てる。

「殿下が出立されたのは一昨日の早朝で、此度はすべてが騎兵。殿下らは明日の朝には太古の森に到着されます！」

ミコは固い鈍器で頭を殴打されたような衝撃を覚えた。

——明日の朝では、どうがんばっても間に合わない。

ショックで目の前が墨でもかぶったような闇色に侵される。

どちらも悪くないのに。どちらにも傷ついてほしくないのに。

それぞれの事情を知ってなお、自分はここで指をくわえていることしかできないのか。

（——情けない）

肩をわななかせながら突っ立っていることしかできない己をミコは詰る——矢先。

『ミコ————っ！』

（……………耳がおかしくなったの？）

本気でそう思った。

だって、のほほんとした声には聞き覚えしかないが、こんなところにいるわけがないのだ。

「なんだあのもふもふ犬は⁉」

「どこから入ってきた⁉　なんにしても捕まえろ！」

かしましい声と軍靴の響きが、気のせいではなく刻一刻と近づいてきている。

（えーと、やっぱり？）

「——聖女さま、私から離れないでください」

扉を振り返ったデューイは、ミコを背に庇うような体勢を取る。

「いえ、フォスレターさん。たぶんあれは敵じゃなくて……」

『ここからミコのにおいがするの！』

へぶっ⁉ という短い悲鳴のすぐあとに、扉が内側に向かって吹っ飛んだ。

兵曰くもふもふ犬——ソラが見張りを薙ぎ倒して、扉を押し開いたらしい。

『ミコ、みつけたの！』

「……犬？」

癒し系の愛らしい侵入者に、デューイは唖然とした声をもらす。

その背中から抜け出たミコは、尻尾をパタパタさせているソラへと駆け寄った。

「ソラくん、どうしてこんなところに？」

『あるじがね、『いやなよかんがするからさきにミコのところへいけ』っていったの！』

——ジルさまには予知の能力もあるのかな？

ミコは大真面目に考え込んだ。

一週間と自分で言った手前、ソラを寄越すところが律義なジルらしい気もする。

（なんにしても、渡りに船！）

ソラ——上位種だというマーナガルムは、幻獣の中でも指折りの俊足と持久力を誇る。

そうジルは言っていた。

「ソラくんお願い、わたしをジルさまのところへ連れて行って！　無茶なのはわかっているけど、明日の朝までに！」

『うん、わかったの』

気兼ねなしに応じたソラは『《きょだいか》』と能力を発動させて、熊とみまごうばかりの立派な体躯へと変貌を遂げる。

「お、大きさが⁉　その銀色の肢体はまさかマーナガルム⁉　上位種の幻獣がなぜこのようなところに……！」

大型犬サイズから急変したソラを目の当たりにしたデューイは、眼鏡がずり落ちるほどにびっくりした。どうやら上位幻獣を目にするのは初めてだったようだ。

『ミコのおねがいだから、ボクがんばるの！』

（なんて健気なのっ！）

今度お礼に、蜂蜜と果物を使ったおやつを存分に振る舞ってあげようとミコは決意を固めた。

「ありがとうソラくん！　行こう！」

「聖女さま⁉」

我に返ったデューイに、ミコは言い放つ。

「王太子にも、守り主にも、譲れない事情と大切なものがあります。――それを知るわたしが衝突なんてさせません、絶対に！」

「――ああもうっ！」

金髪をらしからぬ乱暴さでかきむしったデューイは、がばっと外套を脱ぐ。

「まだ夜風は冷たいですので、こちらをお召しください」

「ありがとうございます。ソラくん、あの服を受け取ってくれる？」

ソラはうんと言って、長い尻尾をデューイの前に晒した。

デューイは生唾を飲み込み、腹をくくったような顔つきで外套をソラの尻尾に置く。

「――殿下のこと、どうぞよろしくお願い申し上げます」

「全力を尽くします！」

渡された外套を羽織りながら、ミコは大きく返事をする。

それから、目を点にして完全に野次馬と化す兵が集まる扉を指さした。

「ソラくん、ここの窓には鉄格子があるから、あっちから出てもらえる？」

『はーいなの！』

「兵士の皆さん、マーナガルムの前脚に蹴られて昏倒したくないなら、今すぐその場を離れてくださいね！」

勧告するなり、「マーナガルム!?」と兵たちは浮足立って散る。

「そうだソラくん、――先に寄ってもらいたいところがあるんだけど」

ミコが耳打ちすると、ソラは『わかったの！』と快く引き受けてくれた。

『あるじのところに、ぜんりょくのぜんそくでいくの！』

「お願いします！」

床が捲れ上がるほど踏み込んだソラの首元に、ミコはしっかりとしがみついた。

夜風が栗色の髪を弄ぶのを合図に、ソラは疾走する。

嵐のごとき風圧を生み出す神速に怖気づかないよう、ミコはきつく目を閉じた。

（……ジルさま）

優しいあのひとに牙を剝かせたくないから、お願いです神さま。

どうか間に合って。ミコは心の中で、ひたすら強く希った。


樹々の間から射す白々しい早朝の陽射しで、ジルは目を覚ました。

《変化》の能力を解いていないため、右手をかざして陽の光を遮る。ところが、視界の端が奇妙に眩しい。

見れば、金色の優美な魔植物が陽光を受けて、覚醒したように花弁を開いていた。

（……ああ、そうだった）

昨日は森の奥地にある洞窟の前で物思いに耽っているうちに夜になり、ねぐらに戻るのも面倒でそのままここで休んだのだ。

（ソラは無事に王都に着いたか）

ミコが目的地に印をつけて残していった地図によると、ここから王都までソラの脚ならば普通に走っても一日もあれば着く。昨夜のうちにミコと出逢えているはずだ。

（何事もなければそれでいいが……）

胸に得体の知れないざわめきを感じたが、根拠はなかった。

強いていえば虫の知らせだ。ジルは強大で多彩な能力に恵まれている竜だが、だからといってすべての能力を保有しているわけではない。

それでも何かせずにはいられなかった。

己で一週間と区切ったため、もどかしさを抑えてソラを向かわせたものの。本当は自分が飛んでいって、あのほわんとした笑顔をこの目で確かめたい。

……これがいわゆる、独占欲というやつなのか。

深く息を吐いたジルは瞑目する。視覚を断ったことで、脳内でもう幾度となく繰り返している記憶が呼び起こされた。

――「……今度はわたしが、ジルさまのためにできることを全力でやってみます！」

決意をのせた声と、気丈でいて屈託のない笑った顔。

それらは見事にジルを射抜いた。

ミコにとって己がどういう立ち位置かは不明だが、親しさを抱いて慕ってくれているのはわかっている。そのミコが自分のために何かしたいと思ってくれたことに胸が滾り、感動めいたものを覚えた。

しばし余韻に浸って、言葉が出てこなかったぐらいだ。おかげで反駁がだいぶ遅れた。

(恋心がここまでいかんともしがたいものとはな……)

屈辱を伴わない敗北感に似た思いを抱いたジルは前髪をくしゃっといじる。

刹那。

(――――！)

異変が、ジルの五感にはたと突き刺さった。

群れを成して飛び立つ鳥たち。焦り惑う大小の足音。それに混じる地を鳴らす無数の馬蹄と、金属の匂い。

そして、木立を揺らめかせる風のこの違和感は――

『……意図的なものだな』

幾筋もの風から垂れ流されるのは練り上げられた魔力だ。密猟者風情の仕業ではない。

ジルは春色のぬるい思考を戦闘のそれに切り換える。《変化》の能力を解き、紫を帯びた光を放つ黒鱗に覆われた本来の竜形へと戻った。

背にもたげた黒い両翼を広げて躍動させ、風をばさりと激しく打ちながら空を翔ける。

風が流れてきた方角に翼をはためかせて眼下を見れば、標的はすぐに見つかった。

——樹を、風で薙ぎ払ってきたのか。

おそらくは、馬を下りずに進むためだろう。

前後を切り立った崖で挟まれた平地には騎乗した集団が隊列を組んで蠢いていたが、その後方の樹々は根元から抉られるように横倒れになっている。

『……惨いことを』

森の惨状に声を冷やすジルの脳内をよぎったのは、今は亡き一角獣が遺した台詞。

——『ジル、ごらん。この太古の森はとても美しいだろう』

——『私はこの森も、森に棲む生き物たちも大好きなんだ』

『どこの誰だか知らないが——踏み躙りやがって』

ジルは腹立たしさで高ぶる感情を内に堪え込み、隊列めがけて一気に降下する。砂埃を巻き上がらせる疾駆に気づいた人間の声と馬のいななきが耳を横切った。

ジルは集団の先頭から少し離れた場所に、行く手を塞ぐようにして降り立つ。

「守り主！　やはり現れたか！」

口火を切ったのは、先頭集団の中央、長い赤髪と、濡れるような銀の瞳を持つ若い男だ。煌びやかな装具と跨っている飾り立てられた白馬から、「偉い身分」とかいう人間なのだろうとジルは推測する。

（俺にとってはどうでもいいことだが）

『……これ以上森を傷つけ、か弱き者たちを恐怖させるのは許さない。今すぐ去れ』

「よくも散々邪魔立てしてくれたな！　竜だろうと所詮は獣。畜生風情が守護神を気取るなど僭越がすぎるぞ！」

言葉は解らないが、赤髪の眉をここぞとばかりに吊り上げた形相と剣幕から、罵られていることは肌で感じる。それも相当辛辣に。

「サンローズが自生するのはこの先だ。貴様が陛下をお救いするという我らが悲願を阻むならばこちらも容赦はせん。武力をもって押し通る！」

「「「おおおおおおっ！」」」

赤髪の男はジルを睨み据え、高らかに何かを言い示した。

それに呼応するように、周りの人間たちからも野太い雄叫びが上がる。

（ミコがいたら、この人間たちが何を言っているか解るだろうが……）

ひとまずこの場における勇ましさはたいしたものだ。

しかし、剝き出した敵意と戦意からして、退くつもりはないらしい。

ミコのおかげでジルの人間への嫌悪と頑なさはゆるんだ――が。

――森を侵した挙句に手向かう輩を見逃してやるほど、俺は慈悲深くない。

「まずは火部隊の一斉掃射で黒焼きにしてくれる！　《火魔法》――」

『……俺の逆鱗に触れたことを後悔しろ。《土魔法》――』

戦いの幕が切って落とされようとした、まさにその瞬間だった。

「ひょわあああああああああああああっ!!」

……時ならぬ間の抜けた高音の悲鳴が、上空から降ってきた。

時間は少し前に遡り――

『ミコ、あそこにあるじがいるの！』

「本当⁉　って、あれ絶対に衝突寸前！」

道すがら、颯然と風を切って上空を飛翔する竜形のジルを発見して。

大急ぎで寄り道をすませたのちに、ミコたちはジルの翔んでいったあとを追ったのだ。

で、崖の下で睨み合っている殺気立ったジルとアンセルム率いる軍隊を発見したわけで。

（いったん下に、ううんそれじゃ間に合わない！）

目がくらむ高さへの恐怖で小刻みに震える身体をミコは一度抱きしめる。

――大丈夫、余裕！

おまじないを心で叫んで喝を入れ、ミコは唇を横に広げるようにして笑顔を作った。

「ソラくん、ここに来て無茶を言うけど、下まで跳べる⁉」

『だいじょうぶなの』

ここまで走りどおしだったにもかかわらず、ソラの声は変わらずのほほんとしており、さして疲弊の色も見えない。可愛いが、やはり規格は上位幻獣のそれのようだ。

『じゃあ、いっくよー！』

えーいと、ソラはちょっと川に飛び込むような気軽さで崖っぷちから飛び降りて——

星の落ちるがごとき大音量とともに、ソラの太い四肢が大地にめり込んだ。

高所からの着地の衝撃によって地面は地震が発生したように著しく揺れ、振動に驚いた馬たちは落ち着きを失くしていななく。

騎乗のバランスが保てずに、落馬してしまう兵士らもちらほらいた。攻撃寸前だった者もいたようで、いくつもの炎の塊が狙いとは逆の方へ飛んでいくのが見えた。

（い、生きてた……？）

涙目でミコは生還の喜びを噛みしめる。

気合いどころか魂が抜けそうになったけれど、間一髪のところで、両者の間に割って入ることに成功したようだ。

……登場シーンは、我ながら間抜けだったけれど。

「ソラくん、がんばってくれてありがとう」

『どういたしましてなの！』

ソラを労いながらミコは地面に降り立つ。元のサイズに戻ったソラはとことことジルの前脚のところまで行き、お行儀よくお座りをした。

支えがなくなった足がふらついたが、ミコはどうにか踏ん張って耐え抜く。


「どちらも動かないでください‼」

ミコは声にありったけの想いを込めて、力強く制止を叫ぶ。

すると、興奮状態だった馬たちが突如として鎮まり、一斉に足を折って地面に座り込んだのだ。

——まるで、ミコの求めに応じたかのように。

（？　何？）

馬たちの異変にミコは目をきょろっと一回転させて慌てた。

しかしそれは馬上の兵たちも同様で。

不測の事態により暴れていた馬たちが落ち着くや否や、どういうわけか命令を無視して座り込んだままという異常事態にどよめきが広がる。

「──お前は何をしに来た！」

鋭い声を飛ばしたのは、ひときわ派手な鎧をまとうアンセルムだ。

馬を下りたアンセルムは仁王立ちでミコに目を据えている。

「もちろん、衝突を止めるために決まっています！」

「守り主にまんまと絆された奴が何をほざく！」

────ドゴッ。

（え……？）

ミコとアンセルムの言い合いに突然横やりが入る。それは何かが烈しく衝突したかのような轟音だった。

ふと上向かせた瞳に映ったのは、──急降下してくる炎をまとった巨大な岩石。

「落石だっ‼」

誰からともなく、鬼気迫る声が放たれる。

先ほど誤発射された炎の塊が後方の崖にぶつかったようだ。十分な威力だったのか、直撃したらしい岩肌は派手に抉れていた。

狙いから逸れた攻撃が当たった崖の箇所は数か所に及び、物の煮えるような音を立てる赤い炎に包まれた落石が同時に起こった。それだけでなく、直撃の余波から連鎖して岩が崩れ、滝のように連なって転がり落ちてくる。

「――王太子っ！　後ろ！」

脊髄反射でミコは走り出した。

「お前っ⁉」というアンセルムの呼び止める声が耳を通り過ぎる。

速度がのった岩に追いつけるとは思えない。たとえ追いつけたとしても、何かができるわけではないことぐらいわかりきっている。

それでも後先考えずに身体は勝手に動いた。

危険が迫っている誰かが目の前にいて、手を伸ばさない選択なんてないから。

『……《防盾》』

人外の低い声が、言霊を荘厳に紡ぐ。

瞬く間に、ミコやアンセルムたちの周囲を透明の緻密なガラス板のようなものが包み、隕石のように落ちてくる巨石を弾き飛ばす。熱気も轟音も震動も遮断されて、内側には風の流れさえ届かない。

やがて落石は止み、岩を焦がす炎もジルの降り注ぐ雨のような水魔法によって鎮火され、大地は水を打ったような静けさを取り戻した。

時を移さず、透明のガラス板のようなそれもふっとかき消える。

（ジルさま……！）

守ってくれた。ミコがばっと振り返ると、ジルはやれやれとでも言いたげに嘆息する。

いつしか恐ろしく感じなくなった本来の竜形——存在感には圧倒されるが——は、人形よりもさらに心情を読むのが難しいけれど。

ミコに向けられた視線には優しいぬくもりを感じる。

気を許してくれているのが嬉しいのと同時に、なんだか面映ゆい。

「……守り主が守ってくれたのか？」「《防盾》を瞬時に、あれほど広範囲に全方位展開させるなんて」——ざわめく兵士たちからは、困惑と少なからずの衝撃がうかがえる。

「これしきのことで狼狽えるな！」

張りのある低い声できつく制したのはアンセルムだ。

「速やかに隊列を立て直せ！　このままおめおめと引き下がるなど、アルビレイト王国精鋭の名折れだぞ！」

「待ってください！　少し話を聞いて……」

「そなたには黙っていてもらおう。総員、構えろ！」

アンセルムは触れれば火傷しかねない灼熱の炎のような気迫をほとばしらせる。ミコには戦闘経験なんてないが、様になった構えから戦いの素人ではないのだろうと思った。

未来のリーダーとして臣下からは意外と人望があるようで、アンセルムに触発されるように兵士たちの顔から惑いは消え、その瞳の奥には闘志が漲る。

君臣揃って、……落石での出来事は棚に上げて敵対心が満々だ。

──助けられておきながら、ジルさまを攻撃するなんて！

ミコはわなわなと小さな拳を固めた。

胸に兆してくるこの気持ちは、──純然たる怒りだ。

「あなたこそちょっと黙ってじっとしていなさ──────いっ!!」

感情の爆発に任せて、ミコはアンセルムを一喝する。

まるで母親が子どもを叱るような様相の反撃を喰らうとは思ってもみなかったアンセルムは、目を猛烈に丸くして押し黙る。その反応にちょっと胸がすいた。

（よし！）

鼻を鳴らしたミコは騒乱が止んだのを見計らい、改めてジルと正面から向き合う。

「ジ……黒竜さま」

名前で呼ぶと周りを混乱させそうなので、ミコはあえて明解な呼称を使う。

「王太子たちが森を踏み荒らしたことについてはわたしからも謝ります。ですからどうか、彼らを許してあげてください」

『……王太子とかいう奴は、ミコを騙した相手でもあるだろう？』

ジルは怪訝そうに首を捻った。

『ミコはそれでいいのか』

「嘘をつかれたことに対してはふざけるなって思いはあります。あと、いっぺん痛い目に遭えとも正直思いました」

ミコの台詞は響きこそ爽やかな風味だが内容は結構ひどい。彼女は腹の虫が治まりきっていないのだ。

(だけど……)

「王太子の目的が父親を救うためだと知ったので、あまり憎めないんです」

『父親……』

その一言に、ジルは瞼をぴくりと動かす。

「はい。王太子の父親である国王さまは不治の病で、このままだともって夏までだそうです。その国王さまを救えるかもしれないのがサンローズ——オリハルコンの採れる洞窟の前に咲いている、金色の魔植物から生成された魔法薬らしくて」

『……魔法薬……』

このあまりピンときていない反応からすると……

「もしかして、魔法薬について知りませんでしたか?」

『人間の中には幻獣にはない、植物から特殊な薬を創る能力持ちがいると耳にしたことはあったが、詳しくは知らない』

そこまで興味も湧かなかったと続けたジルに、ミコは声を打ち込む。

「王太子たちの目的はサンローズただ一つです。彼らは何も好き好んで、森に踏み込み黒竜さまと事を構えたかったわけじゃなくて。採取も説得も失敗して、刻限が迫る中で強硬な手段に出ましたけど、それは尊敬する国王さまをどうしても救いたかったからなんです」

『もうわかったから……袖の下に入れたものを渡してやれ』

なんでジルさまはわかったんだろう？

疑問を表情に押し出して首を傾げると、ジルからは『袖の下がちらちら光っていたぞ』と。なかなか目ざとい。

「無断で採っておいてなんですけど、いいんですか？」

『……俺は何も、太古の森を牛耳りたいわけではないからな』

「本当にありがとうございます！」

ジルに笑顔でお礼を言ったミコは今度、アンセルムに向き直る。

「どうぞ、これを」

ミコは外套の袖の下から取り出した、発光する神々しい金色の薔薇――サンローズをアンセルムに渡した。

何を隠そう、ミコの『寄り道』の目的はこれだ。

「あなたが求めていた魔植物、サンローズです」

「こ、これが……？」

呆然とした調子で呟くアンセルムに、ミコはうなずきを返す。

「ここに来る前、オリハルコンの採れる洞窟の前で摘んできました。黒竜さまも、あなたに渡してやれと」

アンセルムは疑わしそうに眉をひそめる。

「……守り主が、私に？」

「はい。黒竜さまは人間特有の魔法薬について、それほどご存じではありませんでした。だからあなたの目的が魔植物採取とは思わなかったんです。でもお話ししたらすぐ理解を示してくれました。黒竜さま、とても優しいんですよ」

「さすがにそれは言いすぎだろう！」

「言いすぎなんかじゃありません」

ミコは口を尖らせて反論した。アンセルムも負けじと言い返す。

「人を寄せつけぬ奴のどこに優しさが装備されていると⁉」

「黒竜さまの父親代わりだった幻獣は、心ない人間によって無惨に殺されました」

「‼」

アンセルムは頬を打たれたような表情で目を瞠る。父親という言葉に、何かを感じたのかもしれない。

「黒竜さまにとってその幻獣は幸せになってほしいと願う、家族のように大切な存在。その尊い命を物のように奪い取り、同胞である幻獣たちを私欲のままに狩る人間を黒竜さまは憎んでいます。だからといって、黒竜さまは人間をみだりに傷つけることはしません」

「……我らの行く手を阻もうと思いきり迎撃の態を取ったぞ？」

「皆さんに応戦しようとしたのは、森を荒らしたからです」

人間を追い払うのは、森に棲む生き物たちを害そうとするから。ミコはアンセルムの反駁をいなし、次の言葉を大切に告げる。

「黒竜さまはただ、彼の父親代わりだった幻獣と過ごした大事な場所である太古の森と、そこを拠り所とする動物や弱い幻獣を守りたいだけなんです」

言って、ミコは短く瞼を閉じる。

「――黒竜さまも王太子殿下も、大切なもののために動いただけ」

それぞれに事情があり、どちらも己の正義にのっとっただけで間違ってはいない。

正解なんてものは、きっとわかりっこないだろう。

「それでも森を荒らしたこと、採取の邪魔をしたこと、互いに許せないことがあるのもわかります。――だけど、事情を知れば折れどころも見いだせるんじゃないでしょうか？」

確執というのは相手が存在する限り、必ず生じるものだ。

ときにはぶつかることもあるが、どちらかを傷つけて決着するなんてことはありえない。

一時的に、表面上ではカタがつくことはあるかもしれないけれど、傷つけられた方は決してその痛みを忘れない。

痛みを引きずり、胸に刻んだ恨みを増幅させるばかりなのだから。

(……これは、傲慢で独りよがりな考えかもしれないけれど)

こちらの世界に来て、いろんな生き物と言葉を交わしてきたミコは知った。

種族が違う。姿形が違う。言葉が違う。

違うところがたくさんあっても、誰かを大切に想う心や何かを守りたいという信念など、同じところだってたくさんあるのだと。

何も知れないなら仕方がないかもしれない。

けど、知ることができるとしたら、わかり合えることもあるはずだとミコは信じる。

「どうか引いてください。ぶつからなくていいところで、ぶつからないで」

しっかりした声で必死に訴えると、あたりにはゆるやかな風が通り過ぎる音が聞こえるほどの静寂が訪れる。

その静かなさまを破ったのは、アンセルムの号令だった。

「——目的は果たした！　無益な血を流す必要はない、総員すみやかに撤退せよ！」

アンセルムの良く通る低い声が反響する。彼が下した決断に異を唱える者はおらず、

「ははっ」という凛とした声で粛々と命に従った。

いつの間にか立ち姿勢に戻っていた馬たちを従えて、軍隊は列を乱すことなく順次引き

揚げていく。

だがアンセルムは騎乗することなく——その場でジルに向かって頭を垂れた。

ミコは思いもよらない行動に驚いて、アンセルムの姿を不躾に見つめてしまう。

「——そなたが慈しみを持って守る地を土足で踏み荒らした非礼を詫びる」

下を向いているからその表情はうかがい知れないが、真剣そのものの声が心を刺す。

「私は陛下を救いたい一心で、魔植物の採取を邪魔立てするそなたを疎んじていた。感情があるなど思い至ることもせず、ただただ人間に牙を剝く障害として」

アンセルムはさらに言い募る。

「人間を許せとは言わない——ただ、この国の代表として、家族を想う者として、欲に汚れた人間がそなたのかけがえのない存在を奪ったことを心より謝罪する」

……傲岸不遜だと思っていたけれど。

尊敬する父親を本気で助けたいから、やれることをすべてやり尽くした。

ジルの事情を聞いてその心情に思いを馳せ、非情な過ちについて人間側に非があると潔く認めて、誇り高くも誠意のこもった謝罪までした。

アンセルムは、心根は真面目でとてもまっすぐな青年なのだろう。

「黒竜さま」

ミコは今のアンセルムの言葉を一言一句違わずジルに伝えた。

それを聞いたジルは――

『……森を荒らしたことは許せないが、その言葉は覚えておく』

「お伝えしますね。あと――」

アンセルムの謝罪を受け入れたジルに、ミコはふと思いついた提案をもちかける。それをジルは『好きにしろ』と受諾してくれた。

ミコはジルの台詞を取り次いで、背筋を正したアンセルムに提案の内容を明かす。

「王太子殿下、太古の森の資源が必要なときは、わたしが案内役として採取に同行するというのはどうでしょう？」

「案内役？」

自分で採取することも考えたが、採取を生業とする人たちの商売の邪魔をするのは気が引ける。

その点、案内役であればその人たちの仕事の邪魔をせず、なおかつ魔法薬などによって救える命の数を増やす手伝いができるのだ。

「わたしがいれば、黒竜さまも密猟者との区別がつきますし」

「それはそうかもしれんが……守り主がそれを了承するか？」

「さっき通訳したとき、一緒に許可をいただきました。ですが、森の生き物たちへちょっかいを出さないことと、採取も最低限にすることが条件です」

「……私は聖女殿をみくびりすぎていたようだ」

　若干背を丸めたアンセルムからのこれは最大級の評価だろう。

　ミコは笑って、ありがたく褒め言葉を頂戴しておいた。

　――と。

「聖女殿、謀ってすまなかった」

　アンセルムがやけにしおらしい表情を表立たせるので、ミコは息を呑んだ。

「真心のこもった守り主との橋渡し――これまでの贖罪といってはなんだが、聖女殿もともに王都へ帰らないか？」

「え？」

「今度こそ聖女として厚く遇することを約束する」

（聖女として、王都に……）

　ほとんど意識せずに後ろを向くと、当然のようにジルと目が合う。

『……どうした、ミコ』

　ジルは深紫の瞳を穏やかに据えてミコを見守ってくれていた。

　そのまっすぐなまなざしからはいつも、見えない力をもらっている気がする。

「……せっかくですが、その申し出については遠慮します」

　振り返ったミコはアンセルムからの誠意にゆったりとかぶりを振った。

「——なぜだ？」

「わたしは自分のことすら守れないくらい弱いです」

ここに来るのも、ソラがいなければ無理だった。

密猟者に遭遇したときだって、ジルがいなければ無事ではいられなかったのだ。

「肩書きは聖女でも、誰かに助けてもらって、わたしはようやく立っていますから」

自ら手を差し伸べてくれて、心が折れそうなときには寄り添い励ましてくれたジル。

あたたかく接してくれる、モニカやタディアスをはじめとしたブランスターの人々。

彼らがいたから、自分はこうしてまた歩き出すことができた。

(この世界で生きていくのなら)

かけがえのない大切な存在がいる、この場所がいい。

そしてたくさんのものを与えてくれたジルたちに、少しでも返していけたらと思う。

「背中を支えて押してくれたみんながいるここで、わたしは生きていきたいです」

曇りのない瞳で告げるミコに、アンセルムは「ならば仕方がない」と肩をすくめた。

終章　陽だまりで寄り添う聖女と竜

太古の森での出来事から半月ほど経った、とある春の日の昼下がり。

ミコの下宿先に、アンセルムとデューイが揃って訪ねてきた。お忍びのため、二人ともあまり目立たない軽装だ。なまじ美形なのでそれでも派手やかだったが。

「この紅茶、とてもおいしいです。聖女さまはお茶を淹れるのがお上手なのですね」

褒めてくれたのはデューイだ。食堂兼居間のテーブルを挟んだ向かいに座るデューイはにこにこと紅茶を堪能していた。

その隣に座るアンセルムから特に感想はないが、カップの中身は減り続けている。

「ありがとうございます。紅茶の淹れ方はモニカさんに教えてもらいました」

「仲睦まじくて何よりです。……先ほど私たちがご挨拶に伺った際、お二方からは厳しいお叱りを頂戴致しました」

「……すみません。和解したとはお伝えしていたんですけど……」

「お二人は聖女さまを本当の孫のようにお思いのようなので、我々への叱責は無理からぬことです。今度、聖女さまを悲しませたら容赦はしないと強く釘を刺されましたよ」

王太子と侯爵家御曹司を叱った上に脅せるおしどり夫婦がすごい。

「それについてはさておき。聖女殿は本当にここに住み続けるのか？　屋敷の一つや二つ、用意してやるぞ」

アンセルムの気前の良い台詞に、ミコは首を横に振る。

「いりません。モニカさんとタディアスさんが、寂しいと言ってくださるので」

お役目を終えたからにはここでお世話になり続けるわけにもいかないと、ミコは夫妻に引っ越しの相談をした。

ところが、おしどり夫婦は手と手を絡ませて結託し、「水くさい」だの「寂しい」だのと主張してミコを説き伏せにかかり。

結果として、ミコは引き続き住まわせてもらうことになったのだ。

「……聖女殿はどうやって、あの二人をああもたらし込んだのだ？」

「よくしていただいているだけで、特に何もしていないんですけど……あの二人って、タディアスさんだけじゃなく、モニカさんもですか？」

「さては知らぬのか？　彼女は肉弾戦では敵なしと謳われた、王国騎士団元副団長だぞ」

「っ⁉」

衝撃のあまり声が喉に絡まって、出てきてくれない。

「退役後はだいぶ丸くなったそうだが、現役時代はその美貌と苛烈な戦いぶりから

『血まみれの貴婦人』と呼び称されていたらしい」

（貴婦人の鑑みたいなモニカさんがまさか、王国騎士団元副団長！）

しかもだいぶ物騒な二つ名持ち。意外すぎる！

（……あ）

ふいに小鳥のさえずりが聞こえて、ミコは南側の窓に顔を向けて耳を澄ます。

「聖女さま？」

首を斜めに倒すデューイを横目に、ミコは今度、ウッドデッキがある東側の窓を見る。

一度くすっと笑い、またアンセルムとデューイに向き直った。

「どうかなさいましたか？」

「なんでもありません。——そうだ王太子殿下、国王さまの体調はいかがですか？」

デューイからサンローズを使った魔法薬を生成することに成功し、国王に処方されることになったという手紙はもらっていたが、その後の経過をミコは知らないのだ。

「おかげで順調に回復なさっている。まだ体力的に出向くことはできないが、聖女殿にぜひお礼をとおっしゃっていた」

紅茶を飲み干したアンセルムはティーカップをソーサーに戻した。

アンセルムは真剣な顔つきになり、すっと姿勢を正す。

「あの場に聖女殿がいなければ無益な血を流し、陛下をお救いすることもできなかったかもしれない。改めて、守り主との仲立ちをしてくれたことに礼を言う」

目礼するアンセルムに倣うように、デューイも上半身を傾ける。

二人から畏まれたミコは思わず焦った。

「い、いえ！　わたしはがむしゃらに動いただけで……！」

「聖女殿が行動を起こしたおかげで、誰も傷つかずにすんだんだ。何か礼がしたい」

「お礼？」

「なんでもいいぞ。爵位でも宝石でも、望むものを贈る」

ミコはアンセルムからの言葉に沈思黙考する。

（爵位とか宝石をもらっても、庶民には使いどころがわからないし……）

しばらく真剣に唸って、ミコは答えを出した。

「……実は、やりたいことと言いますか、目標みたいなものがあるんです」

「それはなんだ？」

「種族が異なる者同士が争わなくていいことで争わずにすむように、橋渡しをすること。

——それが《異類通訳》を授かったわたしが、この世界でできることかなって」

ジルのためにとかけ合ったのがきっかけだったけれど。

その前のブランスターでの交流から、その思いは少しずつ積み重なっていた気が今ではしている。

　言葉が解っても、どうにもならないこともある。だけど言葉が解ればわかり合えるのに、それが叶わず気持ちに行き違いが生じていることもあると思うのだ。

（全部なんてとても無理だけど、せめて、できる範囲でなんとかしたい）

「ですからわたしに、何か肩書きをいただけませんか？」

「肩書き、か？」

「はい。肩書きがあるのとないのとだと、周りからの信頼度は全然違いますよね？」

　ミコは自分の見た目が幼く、ジルやアンセルムのような威厳やカリスマ性が微塵もないことを自覚している。

　だから鑑定士や信頼ある誰かが傍にいないときに通訳しても、でたらめだと取り合ってもらえない場面が出てくるかもしれないことが簡単に想像できるのだ。

「『こういう者です』って確固たる証明があれば、不信感を減らせると思うので」

「一理あるな。――よかろう」

「本当ですか⁉」

「二言はない。そうだな、聖女殿の肩書きは『王室特任異類通訳』としよう」

　王室御用達的な重厚感のある呼称をアンセルムはこぼす。

「平時においてはその《異類通訳》の能力をもって、あらゆる生き物と意思疎通を図り交流を深める。また、他種族との間に諍いが生じた場合には両者の意見に耳を傾け仲裁に尽力する……こんなところでどうだ？」

「満点です！」

「異論ございません」

ミコとデューイの満場一致の判定を受けたところで、アンセルムは不敵に笑った。

「案内役の件も合わせてこれから手続きに入るが、この『王室特任異類通訳』は正式な任命になるからな。手続きが完了次第、王宮で叙任式をやるぞ」

「え――っ⁉　そんなに大ごとなんですか⁉」

ここで完結するだろうと高をくくっていたミコは驚いた。

叙任式……だめだ、縁もゆかりもなさすぎてイメージが追いつかない。叙任には陛下も出席されるはずだ。

「陛下から『聖女殿への謝礼は盛大に』と言われていてな。国王と王太子の権力を駆使して肩書きを周知させてやろう」

ひい！　ありがたさ半分、迷惑半分！

「ついては守り主にも何か礼をしたいと考えている。今は国境付近の警備に兵を割いているぶん、太古の森の哨戒に人手は回せない。ゆえに幻獣の密猟に関わる者たちに対する罪のさらなる厳罰化を決定させるつもりだが、他には何がいいと思う？」

アンセルムはジルへの敬意を忘れてはいないようだ。

ミコから聞いた守り主の性質を考慮して、自国の事情ともすり合わせながら、密猟者への罪を重くすることを決めてさらに感謝の印を贈ろうとしている。

気持ちがいいくらい直球の心配りだ。

「ではまた、黒竜(こくりゅう)さまに聞いておきますね」

「頼(たの)む」

「――ときに殿下」

話はまとまったと判断したようで、デューイが口を挟んだ。

「先ほどお伝えするのを忘れていましたが、肩書きとは別に相応の地位と月額報酬(ほうしゅう)をつけ加えていただきたく存じます。聖女さまにこの世界で不自由な生活をさせるわけにはまいりませんので」

案件への追加事項(じこう)をつらつらと述べるデューイに、アンセルムは半眼になった。

「……わかっているが、お前は世話焼きの父親か」

「聖女さまは善良な心をお持ちなのです」

そのような方のお世話を焼いて何が悪いと？　デューイは言いながら、中指で眼鏡をきゅっと持ち上げる。

「というわけで。今回は陛下のことがありましたが、今後また殿下が懲(こ)りずに聖女さまに理不尽(りふじん)な仕打ちをしましたらそのときは、これぞ若気の至りというかつての黒歴史を脚色(きゃくしょく)して流布(るふ)します」

すこぶる涼しい笑顔で脅迫するデューイに、アンセルムは憤慨した。

「するか！　お前は私をなんだと思っているのだ！」

「長年お傍で過ごしてきた見立てでは――お父上が好きすぎるファザコンでしょうか」

「妹にべったり執着する変な態にだけはそう言われる筋合いはない！」

「失敬な。私はただ万象一可憐で優しいマイエンジェルが心底可愛いだけです」

「それを病的シスコンと言うんだ！　聖女殿を気にかけているのも、妹と同年代に見えるところからきているだろうお前は！」

「否定はしませんが、それだけではありません。ひねくれまくった殿下や追従ばかりの宮廷人と違って聖女さまはとても素直なお方ですので、できる限りお支えしたいのです」

「ひねくれまくったはよけいだ！」

アンセルムとデューイの主君と臣下にしては遠慮もへったくれもないやりとりから、二人の関係性が浮き彫りになった。どうやら幼馴染みのような間柄らしい。

（……もう、無理！）

「――ぷっ」

がんばって笑いを噛み殺していたミコだが、我慢しきれず笑いがこぼれてしまった。

「……聖女殿？」

「……聖女さま？」

アンセルムとデューイは言い合いを中断してぽかんとする。

「ごめ、なさ、……あはは。王太子殿下もフォスレターさんも、そうやっていると普通の若者ですね。なんだか安心しました」

笑いで滲んでいた涙を拭っていると、なぜか二人は沈黙してミコに注目している。

(調子に乗って笑ったりしたから、怒らせた⁉)

「わ、笑ったりしてごめんなさ……」

謝ろうと頭を下げかけたところでアンセルムは顔を背け、デューイは微笑んだ。

「聖女さまは普段もお可愛らしいですが、そのやわらかで自然な笑顔は特別素敵です」

こんな歯の浮く台詞を素面で言えてしまうデューイの伊達男ぶりに驚いた。

(リップサービスってわかっていても照れる！)

社交辞令非対応民族である日本人の心臓にはあまりよろしくないので、勘弁願いたい。

「あ、ありがとうございます……」

「照れているお顔も愛らしいですよ、ねえ殿下」

「この流れで私に振るな！」

顔を明後日の方角に向けているアンセルムの耳が心なしか赤い。これはきっとあれだ。

(王太子もこっぱずかしい台詞にいたたまれなくなっちゃったのかな……)

気持ちがわかるだけに、アンセルムにちょっとした親近感を抱く。

「殿下も社交場ではこれくらいのこと平然とおっしゃっているでしょう。まったくあなたは意識した相手だとどうしてそう手のひらを返したようにへたれにもがっ」

「お前はもう本気で黙れ――――っ！」

椅子を蹴倒して立ち上がったアンセルムの怒号と手による蓋のせいで、デューイの言葉は全然聞こえなかった。

よほど痒かったのか、アンセルムは頬にもほんのり朱が上っている。

「王太子殿下、あの、大丈夫ですか？　顔が赤いですよ？」

「心配無用だ！　では聖女殿、これで失礼する！」

「お邪魔致しました」

渋面を晒して出口に向かうアンセルムと、主君の拘束から抜け出て会釈するデューイに、ミコは一つ要望を伝えた。

「次からは『ミコ』でお願いします。聖女なんて柄じゃないので」

言いながら顔を綻ばせれば、アンセルムは一層渋面に。デューイは笑みを深くした。

それから。

「……ではお前もアンセルムと呼べ、ミコ」

「僭越ながら、私も呼ばせていただきますねミコさま」

友達と言えるほどでもない。けれど、温度を感じる言い方で二人はミコの名を呼んだ。

「――はい！　アンセルムさまもデューイさんも、お気をつけて！」

ミコは二人を玄関先まで見送り、その背中が見えなくなるまで手を振り続ける。

（さてっ、と）

玄関を閉めたミコは、一目散にウッドデッキのある窓へと走った。

「ジールーさーま」

いたずらっぽい調子で、ミコは床から切り取られた窓を開ける。

そこには案の定、羨ましいほどの長身体軀を持つ美丈夫姿のジルがいた。――あれ？

「ソラくんは一緒じゃないんですか？」

『……気持ちよさそうに寝ていたから置いてきた』

今日は眠気を誘うぽかぽかした陽気だ。

尻尾を丸めて昼寝をするソラの図を想像すると、それだけでほっこりした。

『それにしてもよくわかったな。気配で気づいたのか？』

「わたしにそんな特殊技能はないですよ。さっき窓の外から、誰かいるって小鳥の喋り声が聞こえたんです。それでたぶん、ジルさまだろうなって」

説明すると、ジルからは『そっちの方が特殊技能だろう』という指摘が返ってくる。

（言われてみれば、たしかに）

などと思いながら、ミコはジルの横に並んだ。

「そうだジルさま、国王さまは順調に回復されているそうですよ」

『……そうか』

無表情でもジルの声にはかすかなぬくもりがある。たぶん、安堵(あんど)しているのだろう。

「あとですね、王太子――アンセルムさまはジルさまにお礼がしたいそうです」

『礼……』

「はい。密猟者への罪を重くすることとは別に、何かジルさまに贈りたいそうで。聞いてほしいと頼まれたんですが、何がいいでしょう?」

『……森が平穏(へいおん)であれば別に何もいらない』

うん、なんとなくそんな気はしてた。

ジルの慎(つつ)ましやかな姿勢は心の底から立派だと思うけれど、金銀財宝とか酒池肉林とか、もっと欲を出しても罰(ばち)は当たらないとミコは思う。……まずジルさまは間違(まちが)っても、酒池肉林を欲(ほっ)することはないだろうけど。

「では、何かまた考えておいてくださいね」

『気が向いたらな……』

「ちなみにわたしは、『王室特任異類通訳』という肩書きをいただくことにしました」

『……それは何かいいことなのか?』

「わたしの通訳した内容が他の誰かに信じてもらいやすくなるかなと。これから先、わたしの能力が必要になる状況が訪れるかはわかりませんが……」

もし訪れたとして。

今回はたまたまうまくいっただけで、次はどうにもできないかもしれない。話が通じないと、途方に暮れて動けなくなるかもしれない。

(それに……はっきりしていないこともまだある)

あわや一触即発というジルとアンセルムの間に割り入ったあのとき。

馬たちの異変はただ何かの偶然が重なっただけなのか。はたまた、引き起こしたのは自分なのか。

先が読めない、霞がかかった不安と弱気は消せないけれど——

(がんばるって、決めたから)

「ジルさまや街の人たちに通訳を感謝されるの、照れるけどすごく嬉しくて。……橋渡しはわたしにしかできないことだと思うので、全力でがんばりたいなって」

『あまり気負うなよ』

ジルは深紫の瞳に慈しむような光を宿して、ミコを見下ろした。

『ミコのなんにでも懸命にまっすぐ向き合うところは称賛に値するが、少なくともここに、ミコに頼られたいと思う奴がいる。……不安も、恐怖も、悲しみも、全部受け止めてやるから無理はするな』

――魂をこのうえなく優しく、そして容赦なく鷲摑みにするような台詞だ。

ミコの顔が首まで赤らむ。下手をすればプロポーズに聞こえなくもない。

(きゃ――っ!)

乙女の妄想が止まらなくて、ミコは手のひらに顔を埋めて胸きゅんをやりすごす。

『? どうした?』

「い、いえ、なんでもないです。……ジルさま」

『ん?』

「……あの、もうすでにわたしはジルさまにたくさん支えてもらって、頼らせてもらってばかりなんです……」

胸の中ではときめきに隠れて、警鐘も鳴り続けている。

今よりも寄りかかってしまえば、もう本当にだめだと。ジルの存在が、この世界でミコが生きる理由になってしまうのだと。

これ以上好きになって、もしも想いを断られたら……どうなるかわからない。

(心を開いてくれているし、信頼もしてくれているから、いきなり嫌われることはないかもしれないけど……。でもジルさまからしたら、移った情の延長かもしれないし)

――知らなかった、恋って。

こんなにも、心を臆病にしてしまうんだ。

優しく声をかけてくれなくなるのが嫌で。伸ばしてくれる手を失うことが恐ろしくて。

相手のために何かがしたいと思えるほど強いものなのに。

『好きです』のたった四文字をすぐに呑み込んでしまう。

「……ジルさまの気持ちはすごく嬉しいんですけど、わたしをこれ以上甘やかさないでください」

『──それは無理だな』

「え？　ごめんなさい、なんて……」

ジルの囁きが小さかったため聞き返そうとしたら──つと頤を摑まれた。

「……ジル、さま？」

呼んだ次の瞬間、ジルの整いすぎるほど整った顔が眼前に迫る。

急接近にミコが恥じらいの声を爆発させるより早く、頬にジルの唇が寄せられた。

熱くてどこかとろけるような感触に、ミコは一瞬で体中を火照らせて硬直する。

（いっ、いま、ほほっほっぺに、き、き……！）

『……人間の口づけというのはここにするものだったか？』

「っ⁉」

硬い親指の腹でふにふにと下唇を押され、ミコは驚きのあまり舌を噛みそうになった。

『悪い。次からはこっちにする』

「つ、次からって！　いけませんジルさま！　こ、こういう接触は恋人同士がするものであって！」

『恋人……俺たちで言う番のことだろう？』

「ああ、あの、はい、そうですっ！　不純異性交遊だめ絶対！」

顔を真っ赤にしてしどろもどろになるミコがよほど面白かったのか、ジルは喉の奥でくつくつと笑った。……今さらだけどジルさまも笑うんだ！　控えめなのがまたいい！

『ひとまず俺はミコのことを番にしたいくらい好きだが』

激レアなジルの微笑を瞳に焼きつけることに全力集中していたミコは、ジルがあまりにも自然に投下した爆弾発言を真正面から喰らってしまって、思考が完全に停止する。

（………す、き……？）

『……とっくに気づいていると思っていたが、その様子だとまったくだな？』

「―――す、すす好きって、そんな嘘ですよね⁉」

急転直下の告白に動転するあまり、ひどく及び腰になってしまった。

『ここで嘘をついてなんになる……？』

「いや、だって、どんなときでも表情変わらないですし……！」

『……たしかに俺は気持ちが表情に出にくいが、恋情を態度に表していただろう。俺は

なんとも思っていない奴のために力加減を覚えてことあるごとに撫でたり、好んで抱きかかえてやるほど軽薄じゃないんだが？』

やめてぇ！　恥ずかしいスキンシップを流暢に言語化されたミコの顔面には全身から血が集まり、火がついたように真っ赤になった。

「で、でもわたし、このとおり平凡な童顔ですし！」

『人間の美醜は俺にはよくわからないが、ミコは可愛いと思う』

「っ！　それはいくらなんでも言いすぎですジルさま！」

『俺にとっての事実を言ったまでだ。……他の奴らがどうかなんて知らないし、知りたくもない。俺はミコが可愛くてたまらないというだけだ』

無理もう誰か助けて！

嬉しさ余って恥ずかしさ百倍だ。こんな、ジルが『欠点も丸ごと愛しい』だなんて展開、自分に都合がよすぎる。

(これって白昼夢？　それともわたしの暴走した乙女妄想？)

混乱しきりの頭を抱えていたミコは、静かなジルをちらりと盗み見る。

『……自分でも驚いた。まさか俺が人間を好きになるとは思わなかったからな』

ジルは目を眇めてミコを見つめていた。

さも愛おしそうなまなざしに、胸が詰まって呼吸ができなくなる。

『ありえない理由を何度も並べたが、無意味だった。突き放されても耐えて向かってくる、反射で動いてしまうお人好しで心があたたかいミコに惹かれる気持ちをどうしても止められなかった。……ミコでなければ俺は未だに人間すべてを憎み、あの赤髪たちも痛めつけていたかもしれない』

語る真剣な声。瞳に灯る真摯さ。

ミコはにわかに滲む涙を堪えて、ジルの言葉を噛みしめる。

（……想いを、）

言葉にのせるのは恥ずかしい。

伝えたあとの相手の反応を想像すると、少なからぬ恐さもある。威厳と自信に満ちたジルでも、いささかの勇気が必要だったはず。

――それでもジルさまは、伝えてくれた。

強く優しい彼への愛おしさに背中を押されるように。

気づいたときには、ミコは想いを口に出していた。

「ジルさまが好きです」

こぼした途端に、ミコの胸で何かが勢いよく爆ぜる。

あんなに気持ちを伝えるのが恐かったのに。決壊してしまった恋心は臆病な心を呑み込んで、前へ前へと進んでいく。

「最初は恐かったけど、助けてもらって、寄り添ってもらって、大事にしてもらって、心を知らせてくれて。一緒にいるうちに二百歳も年上とか、竜だとか、そんな理屈ではどうにもならないくらい好きになって、――きゃあ！」

途中で、ジルからやにわに抱きしめられた。

胸がどうしようもないくらい高鳴っていて、気を失ってしまいそうだ。でも、背を支える手つきの優しさとぬくもりに、あなたがいいと心は歌い出す。

『……ミコが失くしたもののぶんまで、俺が愛おしんでやる』

そんな殺し文句を、耳朶の近くで甘く囁くのは反則だ。

そこはかとない色気をはらむ甘ったるい空気にあてられた恥じらいと緊張で、気が遠くなりそうだった。

「あのっジルさま、キャラが変わっていませんか!?」

『キャラ……？』

「あ、甘いです！　もっとこう、普段はクールな感じですよね……!?」

『何を言っているのかよくわからないが……惚れた相手に甘くなるのはおかしいか？』

ミコは心の中で降参の白旗を掲げる。負けた、骨どころか魂の髄から負けた気分だ。

「っ、おかしくは、ないですけどっ」

『ならよかった』

あやすように背中を撫でるジルはどこまでも余裕で、それが少し悔しい。

だけど、そんな不満や胸に残る不安にかかずらっていられないくらい、幸せだった。

ミコはおずおずとジルの背中に手を添えた。

「うふふ。昔を思い出すわねえ、あなた」

「仲良きことは美しきかな、じゃな」

「っ⁉」

どこからともなく湧いてきたまったりした声に驚いて振り返れば、家の角から上半身を乗り出してこちらを覗く二人の男女の姿があった。目がやたらと煌めいている。

「モニカさんタディアスさん！　いつからそこに⁉」

「ほんの少し前よ。ケーキを焼いたから、一緒にどうかと思って声をかけに来たんだけど」

「儂らのことは壁に張りつくヤモリとでも思って気にせんでくれ」

そんな存在感のあるヤモリがどこの世界にいると⁉

「ジ、ジルさま放してください！」

抱き合っているところを目撃されたミコはあわあわと身をよじる。

けれど、ジルは放してくれない。

『……あの二人はミコの家族のようなものなんだろう？　どうして逃げるんだ？』

モニカとタディアスを家族のようなものと表現するジルの空気に変化はない。

二人に対して気にする素振りを見せずにいることは嬉しいが、今は状況が状況である。

(こんなのほぼ公開処刑だよ……！)

ミコが眉尻を極限まで下げて困り果てていると、ひとしきり出歯亀をして気がすんだらしいタディアスとモニカはにんまり顔で、「ごゆっくり」と言い置いて退散した。

ミコは羞恥で赤くなった顔でジルに噛みつく。

「こういったことは、親しい相手の前でも披露しないものなんです！」

『……人間は複雑だな……』

言いながらも、ジルはやはりミコを放そうとしない。恥ずかしいとミコがますます慌てれば、ジルも逃がさないとばかりに腕の拘束を強めてしまう。

力加減はもう自在なようで、力の強弱の切り替えや手つきにぎこちなさがない。

そのあたりにも負かされた感を抱くミコに、『……まあでも』とジルは言い足す。

『それでも俺はミコがいい。感覚がずれている部分で困らせることがあるかもしれないが、言ってくれたら善処する』

「っ！」

あまりにまっすぐでいじらしい言葉に、ミコの乙女心は完全に持っていかれる。

声を出したいのに、口はぱくぱくと動くだけで空気をはむことしかできない。

——二百二十歳も年上の竜を相手に、わたしの心臓はもつの？

生命の危機とは別の、甘やかで猛烈な危機の予感がミコの背中を震わす。

でも、と思う。叶うなら、ジルの隣で刻をともに刻んでいきたいと。

『大事に可愛がってやるから、安心して甘えてしまえ』

「——っ、お、お手やわらかにお願いします！」

半ばやけっぱちに叫ぶミコの顔には、満開の花のような笑顔が咲いていた。

季節は、希望に溢れた春真っ盛り。

心を通わせたばかりのお試し聖女と最強竜の春は、まだまだこれから。

END

あとがき

はじめまして、もしくはご無沙汰しております、かわせ秋です。

この度は『お試しで喚ばれた聖女なのに最強竜に気に入られてしまいました。』をお手に取っていただき、本当にありがとうございます！


新作を構想していたとき、ものすごく心身ともに疲れているときがあって、「癒されたい」、「どこか遠くに行きたい」と欲望丸出し状態の現実逃避中に浮かんだ妄想に、ファンタジーやら甘い恋やらの好きな要素を混ぜ込んで生まれたのが本作です。

物語の主役は、自然体で明るい平凡な人間の女の子と、スペックがチートな竜（クールだが過保護）です。大人なジルにたじたじなミコですが、ジルは表情に出ないだけで翻弄されているところとか、この二人のやりとりを考えるのがすごく楽しかったですね！

誕生のきっかけとしてはどうなんだ、とセルフつっこみを入れたくなる異類ラブコメですが、楽しんでいただければ幸いです。

ここからは、本作を刊行するにあたって、お世話になった方々にお礼を申し上げます。

お忙しい中、イラストを担当くださった三月リヒト先生。キャララフを拝見したとき、ミコの可愛さとジルのイケメン・イケ竜ぶりが私の想像以上で、感動のあまり昇天しかけました。細かく作り込んでいただき、本当にありがとうございます！

前担当様。デビュー時から本当にお世話になりました。手のかかる私を明るく導いてくださったことへの感謝は忘れません。ありがとうございました！

新担当様。たくさんの優しいお気遣いや的確なご指導のおかげで、本作は完成にこぎつけることができました。感謝の気持ちでいっぱいです、ありがとうございます！

編集部の皆様、校正様やデザイナー様など本作に関わってくださった多くの皆様。応援し支えてくれた家族には、心より御礼申し上げます。

そして最後に。この作品をお手にとって、こんなところまで読んでくださった皆様に、最大限の感謝を申し上げます！

疲れたときにちょっとつまむお菓子のように、ほんのひとときでも楽しんでいただければ嬉しいです。

願わくば、また次の作品でお目にかかれますように。

本当に、ありがとうございました。

かわせ　秋

■ご意見、ご感想をお寄せください。
《ファンレターの宛先》
〒102-8177 東京都千代田区富士見 2-13-3
株式会社KADOKAWA ビーズログ文庫編集部
かわせ秋 先生・三月リヒト 先生

B's-LOG BUNKO
ビーズログ文庫

●お問い合わせ
https://www.kadokawa.co.jp/(「お問い合わせ」へお進みください)
※内容によっては、お答えできない場合があります。
※サポートは日本国内のみとさせていただきます。
※Japanese text only

お試し(ため)で喚(よ)ばれた聖女(せいじょ)なのに最強竜(さいきょうりゅう)に気(き)に入(い)られてしまいました。

かわせ秋(あき)

2021年6月15日 初版発行

発行者 青柳昌行
発行 株式会社 KADOKAWA
〒102-8177 東京都千代田区富士見 2-13-3
(ナビダイヤル) 0570-002-301
デザイン 島田絵里子
印刷所 凸版印刷株式会社
製本所 凸版印刷株式会社

■本書の無断複製(コピー、スキャン、デジタル化等)並びに無断複製物の譲渡および配信は、著作権法上での例外を除き禁じられています。また、本書を代行業者等の第三者に依頼して複製する行為は、たとえ個人や家庭内での利用であっても一切認められておりません。

■本書におけるサービスのご利用、プレゼントのご応募等に関連してお客様からご提供いただいた個人情報につきましては、弊社のプライバシーポリシー(URL:https://www.kadokawa.co.jp/)の定めるところにより、取り扱わせていただきます。

ISBN978-4-04-736665-7 C0193
©Aki Kawase 2021 Printed in Japan

定価はカバーに表示してあります。

◇◇◇